KINIKO'S DIARY

キニ子の日記

下

作
間部香代
絵
クリハラタカシ

WAVE出版

これは、満《まん》塁《るい》小学校6年F組
キニ山キニ子さんの日記帳です。
担《たん》任《にん》の須《す》原《ばら》C介《すけ》先生に
出したいときに出せばいい、
日記の宿題です。

9月

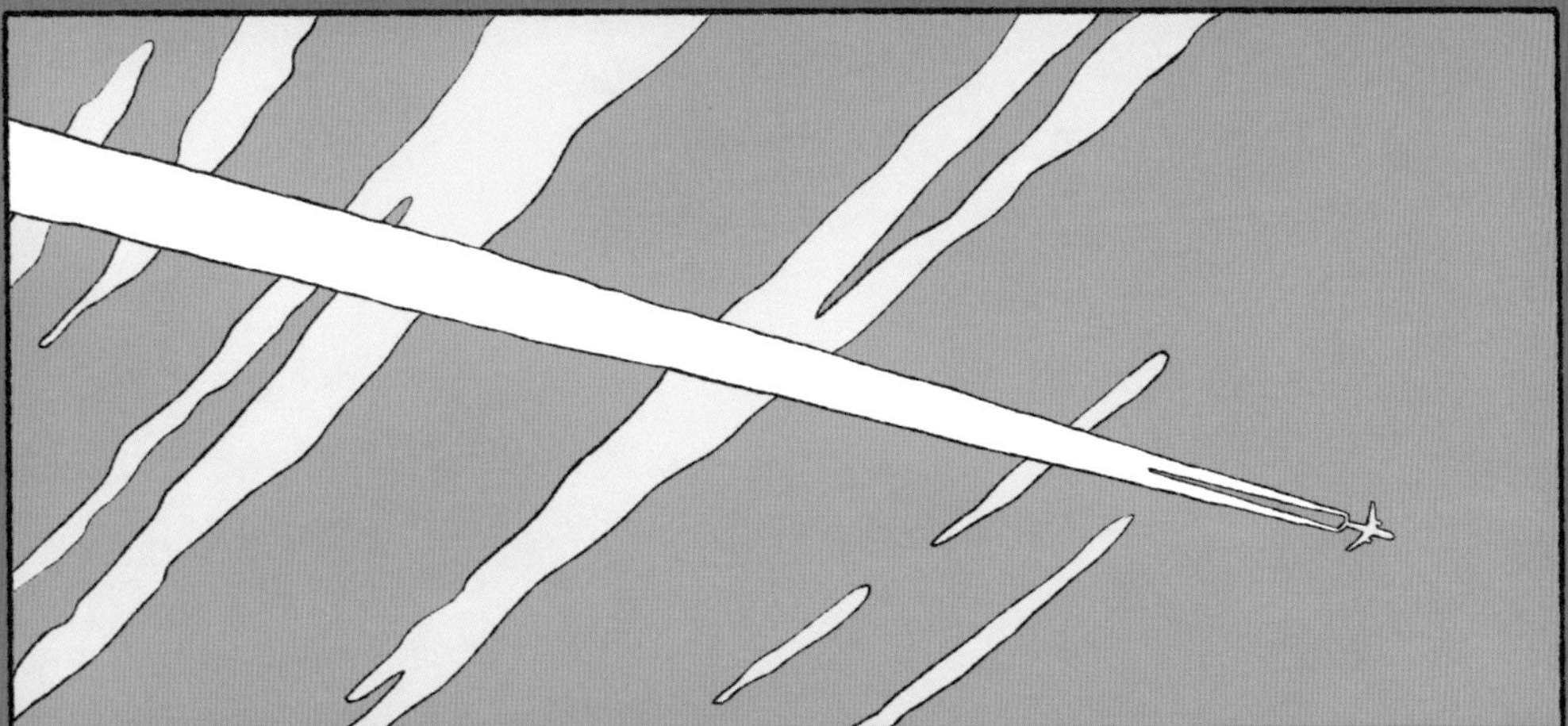

9 月 1 日

ねているときのビクッが気になる

よくも悪くも、今日から2学期。

久《ひさ》しぶりにプロ子さんとサラ子ちゃんに会えたのに、あくびが止まらなかった。読書感想文のせいで、ね不足《ぶそく》だからだ。

昨日《きのう》のお昼に本を読んで、夜に書き始めようと思ったら、お父さんが「早く宿題、終わらせろ」といってきた。するとなぜか急にやる気がなくなって、お母さんが見ていたドラマ『起立・礼・たこやき』を見てしまった。見終わって書こうとしたとたん

ドラマの主題歌が頭のなかでぐるぐる回って集中できない。やっとおさまったと思ったら、いつのまにかねてしまい…。

とつぜん高いところから落ちた気がして、ビクッとなって、目が覚《さ》めた。ものすごくびっくりした。

なんだかおなかがすいたのでこっそりアイスクリームを食べたら、頭がキーンと痛《いた》くなって、泣《な》きたくなるのをがまんしながらようやく感想文を書き始め、夜中の2時に書き終わった。

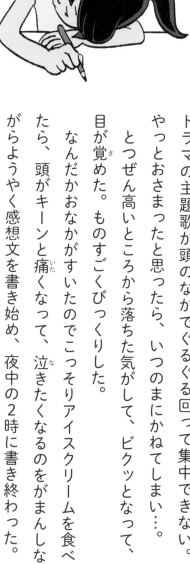

そのことを話すと、「私《わたし》もビクッとしたことある」と、ふたりともわかってくれた。あのビクッて、いったいなに？　気になる。

ちゃんと名前がありますよ

キニ子さん、読書感想文が大変《たいへん》だった様子がさまざまな現象《げんしょう》をとおして、よく伝《つた》わります。すばらしいです！

ねているときにビクッとなる現象は「ジャーキング」とよばれる筋肉《きんにく》のけいれんです。つかれているときになりやすく、犬やねこにも起こるそうです。

「宿題しなさい」などと自分の行動をひとに強制《きょうせい》されると、つい反発的《てき》な行動をとってしまうことは「心理的リアクタンス」といいます。頭のなかで同じ曲が鳴り続《つづ》けることは「イヤーワーム」、冷《つめ》たいものを食べて頭が痛くなるのは「アイスクリーム頭痛《ずつう》」。そのままですね。

ほかにも、同じ文字をずっと見ていると正しい文字がわからなくなることを「ゲシュタルトほうかい」、本屋にいると便意《べんい》をもよおす不思議《ふしぎ》な現象は、雑誌《ざっし》にそのことを投こうした人の名前から「青木まりこ現象」とよばれているのですよ。

どこから宇《う》宙《ちゅう》か気になる

放課後《ほうかご》、ナル男君が私《わたし》のところに寄《よ》ってきて、なるとのキーホルダーを差《さ》し出した。1学期にナル男君がくれたのと同じものだ。私はランドセルにつけていたけど、2学期からはずしている。もらったのは私だけではないのに、自分だけつけているのは変《へん》だし、いろいろとはずかしいからだ。

ナル男君が「これなに？」というので、「なると」と答えると、「表と裏《うら》があるだろ」といってきた。そうだった。なるとは「の」の字に見えるほうが表で、ナル男君が出しているのは裏だ。

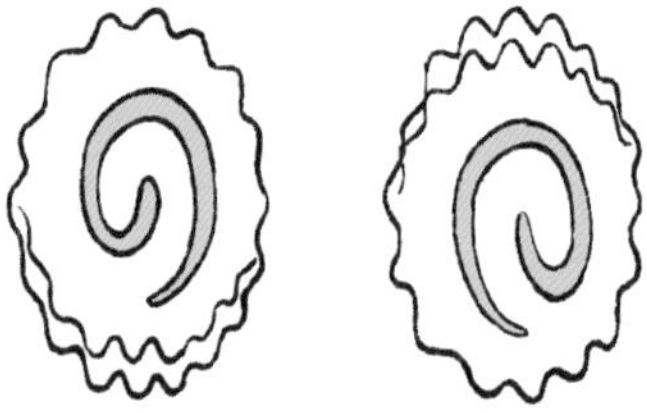

裏　表

「なるとの裏？」というと、「ちがう」という。

なるとが裏、つまり反対向きだから…。なるとを反対から読むとか？

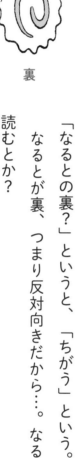

「とるな」というと、ナル男君がうなずいた。

そして今度は表側《おもてがわ》を見せて、次に裏側を見せるので、「なると、とるな」と私がいうと、「なるほど。キニ子は話が早いな」と、どこかへ行ってしまった。

なるとのキーホルダーをランドセルから取るなってこと？

ナル男君が転校してきた４月の始業式を思い出す。この人、宇宙人かと思ったけど、やっぱりそうだ、降《お》りてきたんだ、空の上の宇宙から。

だけど気になる。宇宙って、空の上のいったいどこから？

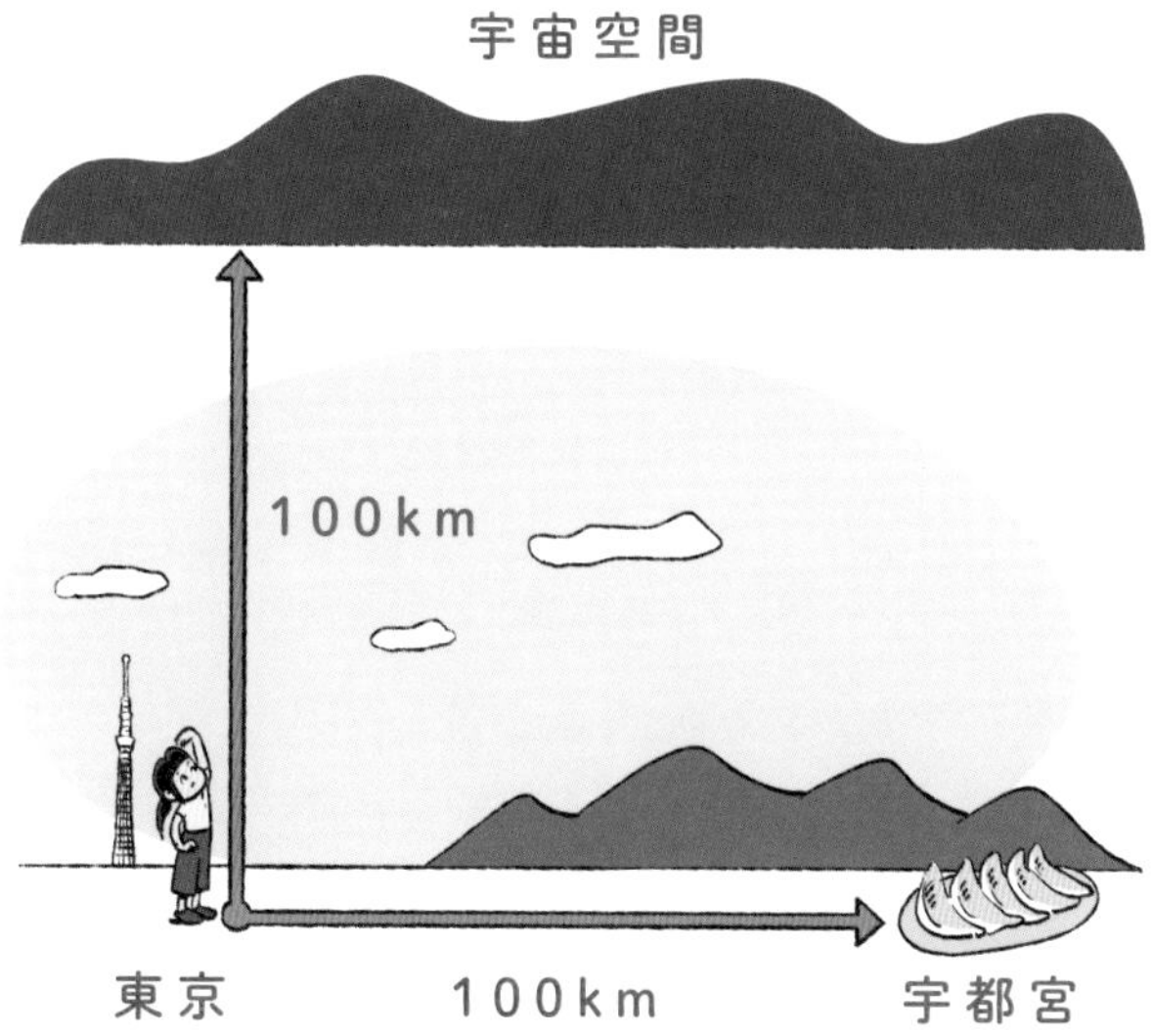

宇都宮《うつのみや》ぐらいのきょりからです

空と宇宙は境目《さかいめ》なくつながっていますが、空気がほとんどなくなる１００キロ上空から先が宇宙空間であると国際航空連盟《こくさいこうくうれんめい》（ＦＡＩ）で定義《ていぎ》されています。ロケットなどは、１００キロ以上《いじょう》の高さに達《たっ》すれば、宇宙飛行《ひこう》と認《みと》められます。

ＦＡＩでは、その境界線《きょうかいせん》を上空１００キロから80キロへと引き下げることを検討《けんとう》しているそうですが、現在《げんざい》は１００キロとなっています。

先生は先日、栃木《とちぎ》県の宇都宮市に行きました。東京から宇都宮までのきょりは約《やく》１００キロです。宇都宮といえば、ぎょうざの町。宇宙の星座《せいざ》と、宇都宮のぎょうざ。少し似《に》ているなと思ってしまいました。

キニ子と友だち

満塁《まんるい》小学校6年F組のなかで
なぜか気の合う5人組

キニ山《やま》キニ子《こ》

いろんなことが気になる小6女子。日記を書くのは好《す》きだけど、勉強はいまひとつ。学校は楽しいけど、給食《きゅうしょく》の牛乳《ぎゅうにゅう》が苦手。家で過《す》ごす時間も、お父さんとお母さんのことも好きだけど、ときどき腹《はら》が立つ。やさしい人が好き。すぐおこる人はきらい。

プロ田《た》プロ子《こ》

さまざまな分野のプロフェッショナルを目指し、自分をみがく日々。プロのテクニックをひろうして、静《しず》かにほほえむプロ子さんを、みんなは一目置《いちもくお》いている。この夏は檜原《ひのはら》村で、たきに打たれて修行《しゅぎょう》をしたといううわさ。インフルエンザにかかったことがない。

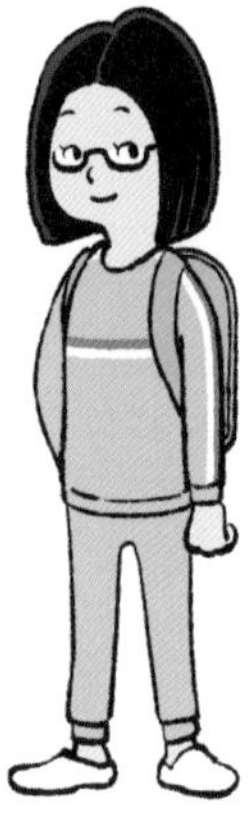

サラ川《かわ》サラ子《こ》

見た目も性格《せいかく》もサラリとしていて、親せきのおじさんに「水に似《に》ている」といわれたことがある。お兄さんが通っている私立《しりつ》中学を受験《じゅけん》する予定で、夏休みはじゅく通い。将来《しょうらい》の夢《ゆめ》は女子アナだということは、まだだれにもいっていない。

ナル森《もり》ナル男《お》

4月の始業式にやってきた転校生。自己《じこ》しょうかいで「星の数ほどいる6年生のなかから、みんなと出会えたのにには意味があるはず。それに気づいて『なるほど』といえる日が楽しみだなあ」というのを聞いて、キニ子は宇宙《うちゅう》から来たのかと思った。

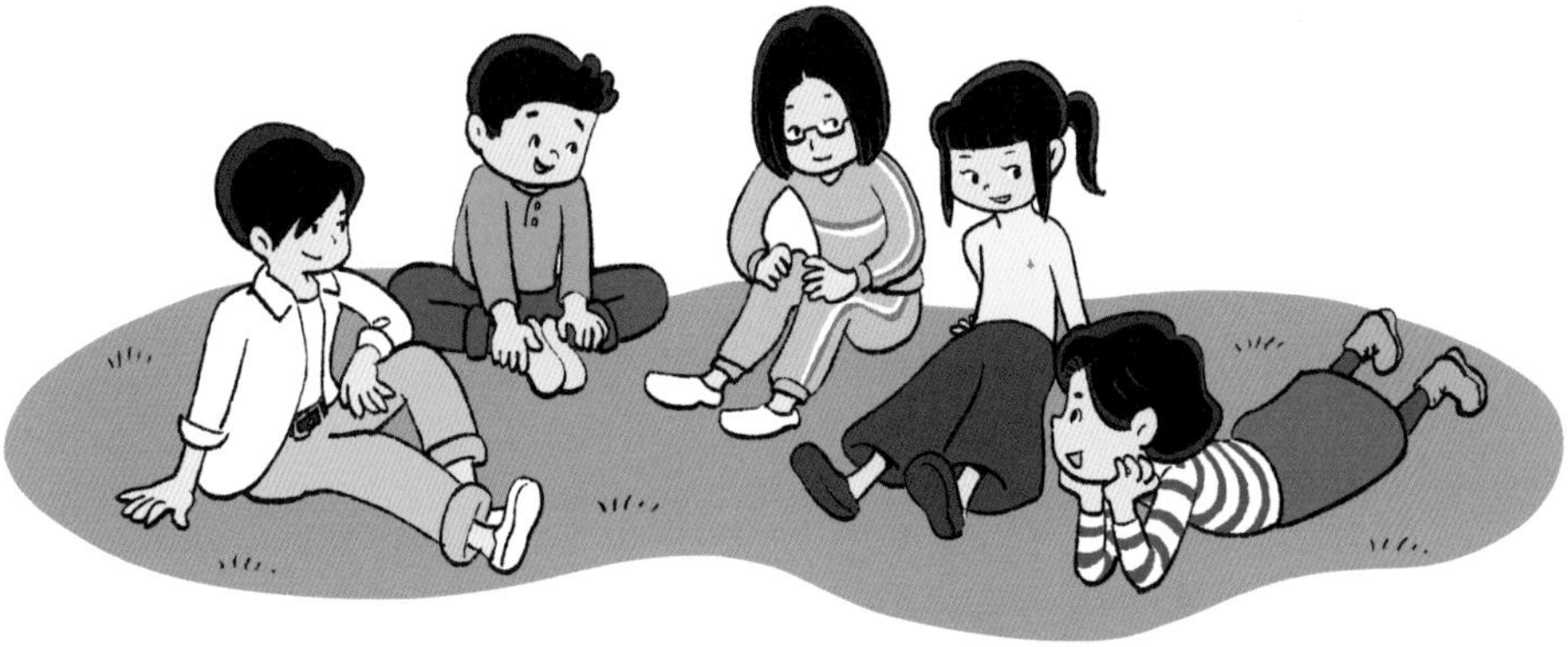

ホラ口《ぐち》ホラ男《お》

キニ子とは1年生から同じクラス。昔から変《へん》なホラをふくくせがある。家では4年生の弟と3年生の妹と1年生の妹、そして飼《か》っているパグ犬のめんどうをよく見ている。すい奏楽団《そうがくだん》でトランペットをふいている。クラスでいちばん声が大きい。

3・14が気になる

6年生にもなると、教科書がずいぶんとおかしなことを聞いてくる。

「直径《ちょっけい》10センチ、高さ2センチのロールケーキの体積《たいせき》を求《もと》めなさい」

ロールケーキの体積を知ってどうするのだろう。大切なのは味なのに。おいしさも、単位《たんい》を作って数字で表せたらいいのに。私《わたし》はお母さんの作るぎょうざが大好《す》きなので、たとえばお母さんの名前のラン子を単位《たんい》にして、あのぎょうざの味を１００ラン子とする。このロールケーキは何ラン子か求めなさい。

そんな問題ならおもしろいのに。だけど今は、味じゃなくて体積だ。

半径が5センチだから、まずは底面積《ていめんせき》が5×5×3・14。25×3・14…。めんどうなかけ算…。そのあと高さもかけないと…。

まわりを見たら、プロ子さんはすらすらと計算をしていた。

サラ子ちゃんを見たら、

「ふたご　しちやへ　ごー　おー！　3・14×25は、78・5」

サラリと、わけのわからないことをいっていた。

3・14はいろんなものをおかしくする。だいたい、ふだんの生活で使うことなんてないのに、どうして覚《おぼ》えなくてはいけないのだろう。気になる。

このあいだ使ったばかりです

キニ子さんは算数の時間にとてもおもしろいことを考えていたのですね。すばらしいです。

円周率《えんしゅうりつ》はおもしろくはないかもしれませんが、役立つことはありますよ。

夏休みのぼんおどり、キニ子さんたちも来ていましたよね。じつは先生は今年から実行委員になって、その準《じゅん》備《び》をしていたのです。

ぼんおどり会場は、だいたい10×10メートルのスペースでした。そこで直径10メートルのおどりの輪《わ》で何人ぐらいおどれるのかを知るために、円周率を使いました。

10×3・14で円周が31・4メートル。ひとりがおどるのに必要《ひつよう》なはばを1メートルほどとしたら、30～31人おどれるのだな、とわかりました。長い人生、円周率を使う日はきっと来ますよ。

気になる3.14の段《だん》

覚《おぼ》えておくとちょっとらく

3.14×2=6.28	2	2時《2》は むにゃむにゃ《628》
3.14×3=9.42	3	サンタ《3》は 9時に《942》
3.14×4=12.56	4	よる《4》 12時ごろ《1256》
3.14×5=15.70	5	ゴリラ《5》 行こうな《15》 オー!《70》
3.14×6=18.84	6	6月《6》 いややし《1884》
3.14×7=21.98	7	なんで《7》 2位?《21》 くやしい《98》
3.14×8=25.12	8	はちの《8》 ふたご《25》 自由に《12》
3.14×9=28.26	9	急に《9》 にいやん《28》 ふろ《26》

よゆうがあったら覚えてみて

3.14×12=37.68	12	自由に《12》 みな《37》 ろうや《68》
3.14×15=47.10	15	いご《15》 しない?《471》 オー!《0》
3.14×16=50.24	16	色《16》 これにして《5024》
3.14×25=78.50	25	ふたご《25》 質屋へゴー《785》 オー!《0》
3.14×36=113.04	36	見ろ《36》 いい3つの《113》 れいよ《04》

小数第二位《い》の「0」は「オー!」と覚えておくと、位《くらい》（小数点の位置《いち》）をまちがえにくくなります。

キニ山家の人たち

東京の小さな一けん家で、
それぞれマイペースに暮《く》らす
3人と1ぴき家族

キニ山《やま》シンヤ

古本屋の店主。お店は駅の裏《うら》側《がわ》にあり、ネットショップも人気。ブログを書いているけど、家族はだれも読んだことがない。ときどき深夜に思いついた言葉をトイレのドアにはる。

キニ山《やま》ラン子《こ》

フリーのイラストレーター。ドラマ好《ず》き、カフェ好き、おしゃべり好き。若《わか》いころはラクロス女子だった。得《とく》意《い》な料《りょう》理《り》はぎょうざ。自分のかいたイラストが、教科書に使われるのが夢《ゆめ》。

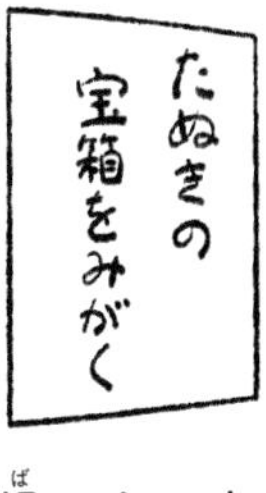

タヌキ

家のとなりの工事現《げん》場《ば》でネコ車の下にいたねこ。目のまわりが黒いので、タヌキと名づけられた。さみしがり屋で、注目されるのが好き。

キニ山《やま》キニ子《こ》

10
月

10月　4日

ガソリンスタンドが気になる

トイレのドアの内側《うちがわ》に、また紙がはってあった。私《わたし》のお父さんシンヤが深夜に思いついた言葉をはる「シンヤの言葉」だ。

昨晩《さくばん》のシンヤの言葉は「たぬきの宝箱《たからばこ》をみがく」。

「たぬきだから、たからばこから『た』をぬいて『からばこ』でしょ」

そう私がいうと、お父さんはまるで出番を失《うしな》ったようにしょんぼりした。

「でも、空箱をみがくってどういうこと？」と聞くと、みるみる目がかがやいた。

「キニ子、そこだ、大切なのは。たとえ宝物が入っていなくても、まだ夢《ゆめ》や希望《きぼう》が決まっていなくても、それを入れる箱をみがいておけ、ということだ」

じゃあ、そう書けばいいのに。

「自分の夢や大切な気持ちは、大事な場所にしまって、大事なときに出すものだぞ。ほら、お店でも高級品はおくのほうから出てくるだろう。最高《さいこう》級のステーキ肉なんて、肉屋のいちばんおくのぴかぴかの冷蔵庫《れいぞうこ》から出てくるじゃないか。ガソリンスタンドだって、ガソリンは大事な場所にしまってあるぞ」

「最高級のステーキ肉、いつ買いに行ったの？」
そう聞いたら、お父さんは目をそらして口笛をふきだした。買ったことないな。
でもガソリンスタンドは、どこにガソリンをしまっているのか気になる。

知らないところで変《へん》化《か》が

新しいタンクはOK！　古いタンクは改修

ガソリンスタンドのガソリンは、地下のタンクに入っています。安全性《せい》を守るため、タンクは厚《あつ》さ3・2ミリ以上《いじょう》の鉄板で作られ、かべが二重になっていたり、まわりをコンクリートで囲《かこ》んだりして、地面から60センチ以上深いところにうめられています。タンクの近くには、地中に油もれがしていないかを調べる検《けん》知《ち》管《かん》もあります。

しかし今、このタンクに変化が起きています。古い地下タンクからガソリンがもれるのを防ぐために、40年以上まえの地下タンクには改修《かいしゅう》が義務《ぎむ》づけられました。とはいえ地下のタンクの改修には、ばく大な費用《ひよう》がかかります。営業《えいぎょう》をやめるスタンドが増《ふ》えて、過《か》疎地などではガソリンが入れられない問題も発生。

そこで、厳《きび》しい安全基準《きじゅん》をクリアしたタンクを、新しく地上に設置《せっち》する動きが始まっています。安全も暮《く》らしも守るために、ガソリンスタンドの姿《すがた》が変《か》わっていくかもしれませんね。

気になる地下の深さ比《くら》べ

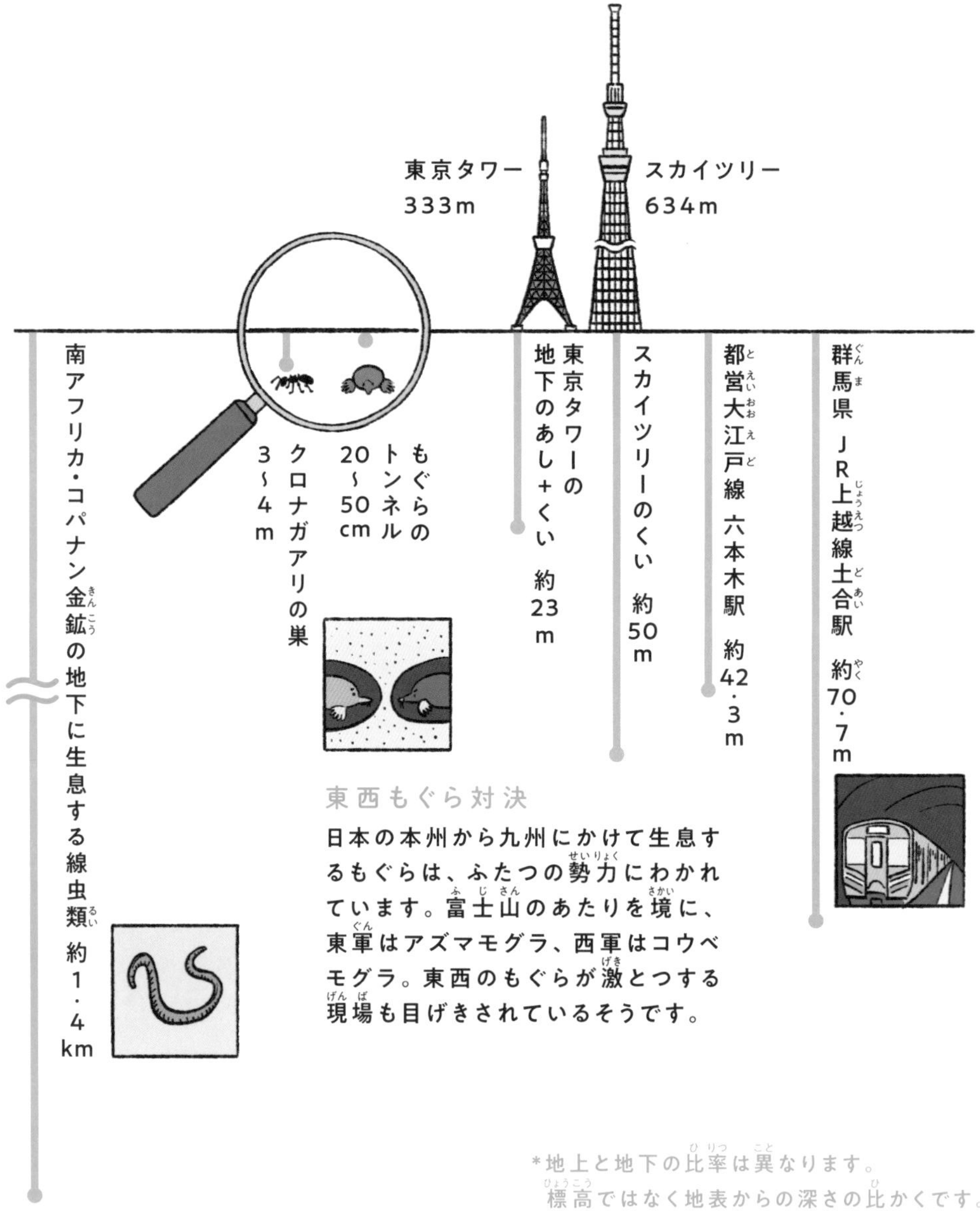

東西もぐら対決

日本の本州から九州にかけて生息するもぐらは、ふたつの勢力《せいりょく》にわかれています。富士山《ふじさん》のあたりを境《さかい》に、東軍《ぐん》はアズマモグラ、西軍はコウベモグラ。東西のもぐらが激《げき》とつする現場《げんば》も目げきされているそうです。

*地上と地下の比率《ひりつ》は異《こと》なります。
標高《ひょうこう》ではなく地表からの深さの比《ひ》かくです。

須《す》原《ばら》C《シー》介《すけ》
先生

自しょう、雑学《ざつがく》男子。子どもと本が大好《す》き。地味でまじめな自分はきらいではないけれど、からをやぶりたい自分もいて、かっこいいものにあこがれている。2年前に結《けっ》こんして、ついさいきん家族が増《ふ》えたばかり。D介という、ふたごの弟がいる。

フレーフレーが気になる

運動会で負けた。はじめて負けた。

1年生のときからずっと勝ってきたのに、今年は私《わたし》のいる赤組が負けた。

さいしょから負け気味で、点差《てんさ》がどんどん開いていった。と中で少し追いついたけど6年生のき馬戦《ばせん》で負けて、勝利《しょうり》の可能性《かのうせい》がなくなった。責任《せきにん》を感じている。

負けると、こんな気持ちになるのか。

ほんとうは日記に書くのをやめようと思った。でも書くことにしたのは、だれかが勝っているときは、だれかが負けているのだとわかったから。それを忘《わす》れないようにするためだ。負けてくやしいというよりも、もやもやしている。負けた人の気持ちを

これまで私はちゃんと考えてきたのか。それがわからなくて、元気が出ない。

応《おう》えん団長《だんちょう》のホラ男君の声が大きすぎてどこかで犬がほえ始めたことも、放送係だったサラ子ちゃんの声

を聞いて「女子アナ？」「ねえ、女子アナ来てるの？」とおとなたちがざわついたことも、このもやもやに全部飲みこまれてしまった。

フレーフレー、私！

それでフレーフレーって、なにをふればいいのだろう。はた？　手？　心？

語《ご》源《げん》と少しちがうのですが

キニ子さん、すばらしいです！　この運動会の日をいつまでも忘れないでください。

フレーフレーは、なにかをふれという意味ではありません。フレーは日本語ではなく、英語《えいご》の「hurray」です。早稲田《わせだ》大学の野球チームが１９０５年にアメリカにわたり、むこうで覚《おぼ》えた大学スポーツの応えんをまねて、「フレーフレー早稲田」と日本で応えんしたのが始まりだそうです。

ただ、英語のhurrayの意味は「ばんざい・ゆかい」であるのに対し、日本では「がんばれ」という気持ちで使うところに、ちがいがあります。

ちなみに、みんなでがんばるときの「エイエイオー」は、もともと日本の言葉です。戦国《せんごく》時代に武将《ぶしょう》たちが使っていたかけ声で、漢字では「曳《えい》、曳《えい》、応《おう》」と書くそうです。武将たちの野太い声が聞こえてきそうですね。

赤ちゃんのなみだが気になる

運動会のふりかえ休日の日に、みんなで先生の家に赤ちゃんを見にいった。先生のおくさんは、実家のある宇都宮《うつのみや》市で出産《しゅっさん》をして、このあいだ東京にもどってきたそうだ。

先生の家に行くと、先生のにせものみたいな人がいて、びっくりした。ふたごの弟のD介《すけ》さんだとしょうかいされた。

順番《じゅんばん》に赤ちゃんをだっこさせてもらった。まだ首がぐらぐらしていて難《むずか》しい。でも

ホラ男君は弟や妹の世話をたくさんしているからだっこが上手で、ちょっとだけ見直した。だけど「先祖《せんぞ》は、世界ではじめて幼《よう》ち園《えん》を作った中国人、ヨウ・チエンだから」という、気にならないホラをふいたので、見直す気持ちも引っこんだ。

赤ちゃんはときどき泣《な》いた。なんだか声だけのうそ泣きみたいだなあと思っていると、ホラ男君

が「赤ちゃんはなみだを流さずに泣くんだ」というので赤ちゃんを見たら、たしかになみだが出ていなかった。またちょっと見直した。

「なみだ研究家の、なみ田なめ吉《きち》と友だちだから」というホラは、聞き流した。

どうして赤ちゃんはなみだを流さないのだろう。

出ない理由も出る理由もあります

キニ子さん、遊びに来てくれてありがとう。先生はとてもうれしかったです。
生まれたばかりの赤ちゃんは、脳《のう》が発達《はったつ》しておらず感情《かんじょう》も未成熟《みせいじゅく》なので、悲しくて泣くことはありません。おなかがすいたときなどは泣いて知らせますが、るいせんが発達していないため、目のうるおいを保《たも》つくらいのなみだしか出ないのです。なみだが流れるのは、生後３～４カ月ごろからだそうです。
ところで、なみだの味で泣いている理由がわかることを知っていますか？　なみだの味は、なみだにふくまれているナトリウムのこさで変《か》わります。いかりのなみだや、くやしなみだはしょっぱく、うれしなみだや悲しみのなみだはあまりしょっぱくないそうです。
なみ田なめ吉さんにも、くわしい話を聞いてみたいですね。

ラとルが気になる

うちのとなりで工事をしていた建物《たてもの》が、もうすぐ完成《かんせい》する。二階建《だ》ての建物で、1階はお店だ。

学校の帰りにまえを通ったら、お店のかんばんがついていた。何語かわからないし、どう読むのかもわからないので、ランドセルからペンを出して手に書いた。

「La roulade」という名前だ。

家に帰ってお母さんに調べてもらったら、「でんぐり返しっていう意味かも」といわれた。フランス語で「ラ・ルラード」と読むらしい。いったいなんの店だろう。

「フランスといえば、まえに『ラ・セーヌの幼《おさな》なじみ』っていうドラマがあって」

お母さんは、ドラマの話をすると止まらない。

「パリのセーヌ川のほとりで、小学校の同級生だった若《わか》い男女がばったり会って、こいに落ちそうになるけれど、なかなか落ちない。あれには、じらされたわ」

ふーん。

「あと『浅草《あさくさ》のル・ショコラ』ってドラマもあったなあ。浅草のせんべい屋の息子が

チョコレート職人《しょくにん》めざしてフランスで修業《しゅぎょう》して、日本にもどってせんべい屋をチョコレート専門店《せんもんてん》にしようと思ったら、すでにインドカレー屋になっていて、ぼうぜんと立ちつくすの。気になるドラマでしょ」

気にならない。気になるのはフランス語につく「ラ」とか「ル」。かざり？

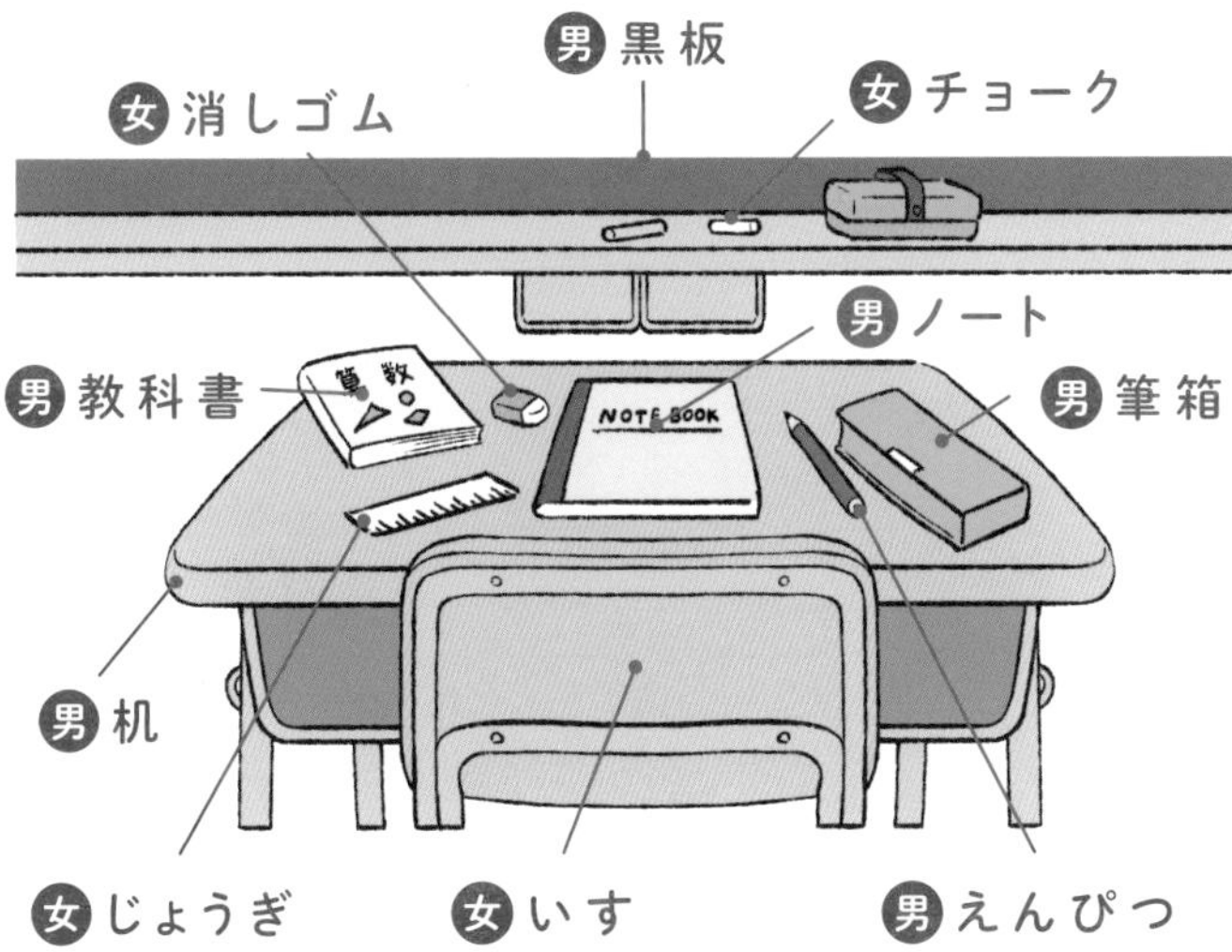

言葉に性別《せいべつ》があるのです

『浅草のル・ショコラ』、ずっとパリがぶたいだったのに、最終《さいしゅう》回は浅草で大勢《おおぜい》のインド人が歌っておどって、なんとも不思議《ふしぎ》なドラマでした。

フランス語には、日本語や英語《えいご》にはないルールがあります。ものの名前、つまり名詞《めいし》が、男性名詞と女性名詞にわかれているのです。たとえば、お母さんは女性名詞、お父さんは男性名詞、赤ちゃんは男性名詞。学校にあるものだと、机《つくえ》は男性名詞、いすは女性名詞、といった具合に。

そして「ラ（la）」は女性名詞のまえに、「ル（le）」は男性名詞のまえにつきます。名詞の使われ方によってほかのものがつくことや、なにもつかないこともあります。

セーヌ川は女性名詞、チョコレートは男性名詞ですね。

La roulade

11月

11 月 6 日

カロリーが気になる

うちのとなりのお店がオープンした。ロールケーキ専《せん》門《もん》のカフェだった。さっそくお母さんと食べに行ったら、おいしい！　100ラン子、いや150ラン子だ。

お店のお姉さんがテーブルの近くに来たときに、お母さんが「お店の名前って、でんぐり返しとロールケーキが似《に》ているからですか？」と、わざわざ聞いた。どうしてお母さんという人は、そういうはずかしいことをすぐいうのだろう。

「ルラードには、ロールケーキという意味もあるんです」とお店の人がいって、私《わたし》に「何年生？」とたずねた。

「6年生です」と答えると、「円柱の体積《たいせき》を求《もと》められる？」と聞かれた。

「習ったよね」とお母さんがまたよけいなことをいうと、「直径《ちょっけい》10センチ、長さ10センチのロールケーキの体積ってわかるかしら？」といわれた。

まさか本物のロールケーキの体積を求める日がくるなんて！

「直径10センチだと半径5センチで、5×5が25で、25×3・14は『ふたご質屋《しちや》へごー　おー！』だから78・5で、長さの10をかけて785立方センチメートルです」

「ふたごの質屋がどうしたって？」とお母さんが私の顔をのぞきこみ、「天才！　カロリーを算出するのに参考《さんこう》にさせてもらうわ」とお姉さんが笑《わら》った。
カロリーっていう言葉、よく聞くわりに、よくわからない。
お母さんは「体重を左右する」というけど、やっぱりよくわからない。

せっ取カロリーと
消費カロリーが同じなら、
しぼうの量は変わらない

しぼうを左右します

カロリーによって増《ふ》えたり減《へ》ったりするのは、体重ではなく、しぼうの量《りょう》です。そもそもカロリーとは、エネルギーの単位《たんい》。食べものなどで体内に取りこむものをせっ取カロリー、運動などで減るものを消費《しょうひ》カロリーといいます。

食べもので１００キロカロリー（以下《いか》kcal）のエネルギーをせっ取しても、運動などで１００kcalを消費すれば、体内にはエネルギーが残《のこ》りません。せっ取カロリーのほうが多いとエネルギーがしぼうに変《か》わって体内に残り、消費カロリーのほうが多いとしぼうは減ります。

たとえば1キロのしぼうを30日で減らすには、毎日２４０kcalずつ消費カロリーを多くする必要《ひつよう》があります。２４０kcalぶんの運動は6年生ならジョギング50分程度《ていど》です。逆《ぎゃく》に毎日２４０kcalずつせっ取カロリーが多くなれば、30日でしぼうが1キロ増えます。２４０kcalとは、たいやき1個ぶんぐらいです。

三毛ねこが気になる

小学生さいごの学芸会《がくげいかい》が終わった。私《わたし》たちは、劇団《げきだん》365日の『人間になりたがった三毛ねこ』をやった。

主役の三毛ねこを演《えん》じたプロ子さんの、ラストのソロの歌があまりに感動的《てき》で、なみだが出そうになった。

プロ子さんはオペラ歌手みたいな顔で歌うので、それを見て下級生とかが笑《わら》ったらいやだなと思っていたけど、そんな子はいなかった。うれしかった。

それに今年は、おとなたちがちゃんと見てくれた。これまではみんな動画や写真をとるのに必死《ひっし》で、笑うところで笑ってくれないし、はく手もいまいちで、さみしかった。

でも今年はプロ子さんのお母さんがクラスの保護《ほご》者《しゃ》に、「私がさつえいして、あとから送ります」と声をかけてくれた。プロ子さんのお母さんは、卒業《そつぎょう》記念《きねん》のDVDもプロ並《な》みにさつえいしてくれるので、みんな安心して劇を見てくれた。

げらげら笑ってくれて、泣《な》いている人もいた。やったー！　と思った。
私もがんばった。町むすめの役で、セリフは「三毛ねこの世界は女だらけね」と「男がいない理由を教えてちょうだい」だけだったけど、うまくいえた。
でも、なぜ女だらけで男がいないのか。台本を見たときから気になっている。

遺伝子《いでんし》の問題です

動物のオスとメスは、遺伝子の集まりである染色体《せんしょくたい》で決まります。性別《せいべつ》を決める染色体にはＸとＹの２種類《しゅるい》あり、ＸＸだとメス、ＸＹだとオスになります。

三毛ねこには白、黒、茶の毛が生えていますが、白い毛の遺伝子は、性別に関係《かんけい》ない染色体にふくまれます。そして黒い毛を持つ遺伝子と、茶の毛を持つ遺伝子は、それぞれＸ染色体にしかふくまれません。

つまり三毛ねこには、白い毛の染色体に「黒のＸと茶のＸ」が必要《ひつよう》なため、Ｘがふたつあるメスでないと成立《せいりつ》しないのです。同じメスでも、白に「黒のＸと黒のＸ」なら白黒のねこに、白に「茶のＸと茶のＸ」なら白茶のねこになります。染色体異常《いじょう》などでオスの三毛ねこが生まれる確率《かくりつ》は、３千分の１とも３万分の１ともいわれています。

一休さんが気になる

お母さんとふたりで京都に行って、金閣寺《きんかくじ》を見てきた。今度、お母さんが仕事で『一休さん』の絵本の絵をかくことになったので、その取材《しゅざい》旅行についていった。

本物の金閣寺は、池の上に堂々《どうどう》と建《た》っていた。

私《わたし》は、まえに一休さんの伝記《でんき》で読んだ、金閣寺での「びょうぶのとら」の話が、納得《なっとく》できなくて気になっている。

将軍様《しょうぐんさま》に「びょうぶの絵のとらが、夜中に飛《と》び出して暴《あば》れるから退治《たいじ》してくれ」といわれ、一休さんが「縄《なわ》をかけますから、びょうぶからとらを出してください」といい、将軍様が「参《まい》った」という話だ。しかし、とらは夜中に飛び出すのだから昼間は出てこないに決まっている。

縄よりも、すみと筆を持ってきて「とらがすっぽり入る『おり』の絵をびょうぶにかきましょう。これで飛び出さなくなりますよ」といえばいい。高級なびょうぶだろうから、将軍様がそれを止めて「参った」というほうが、おもしろいと思う。

そしてもっと気になっていることがある。一休さんは子どものおぼうさんなのに、

なぜ将軍様と金閣寺でとんち比《くら》べができたのだろう。そんなに身分が高かったのか。
そういえば、だれかが「先祖《せんぞ》は一休さんのいとこの三休さんだ」といっていたけど、それはぜんぜん気にならない。

うそとほんとが混《ま》ざっています

キニ子さん、「びょうぶのとら」は作り話です。

将軍様といわれている足利義満《あしかがよしみつ》は、一休さんが生まれた年に将軍職《しょく》を息子の義持《よしもち》にゆずり、翌年《よくねん》に出家をします。ですからすでに将軍ではなく、一休さんと会ったという記録《きろく》も残《のこ》されていないようです。「びょうぶのとら」は明治《めいじ》時代に作られたお話で、絵本やアニメだけでなく、伝記にもよく登場します。伝記に作り話が入ることはありますが、定着しすぎて事実だと思っている人も多いようですね。

ただ、身分が高いのは事実です。一休さんは後小《ごこ》松天皇《まつてんのう》の子どもといわれ、お墓《はか》は宮内庁《くないちょう》が管理《かんり》しています。しかしけっしていばらず厳《きび》しい修行《しゅぎょう》に自分を追いこみ、ついには仏教《ぶっきょう》の境地《きょうち》をこえ、当時禁《きん》じられていた肉や酒を口にすることや、女性《じょせい》と暮《く》らすことも許《ゆる》されました。形式にとらわれない、み力的《てき》な人であることにはちがいないのですよ。

歴史《れきし》上の気になる年

あれとこれは同じ年！　歴史が立体的《てき》に見えてくる

1543年 鉄ぽうと地動説《ちどうせつ》と徳川家康《とくがわいえやす》

種子島《たねがしま》にポルトガル人が流れ着いて日本に鉄ぽうが伝《つた》わった年、ポーランドでニコラウス・コペルニクスが地動説（地球が太陽の周《まわ》りを回っている）を発表し、のちに江戸幕府《えどばくふ》を開く徳川家康が生まれました。家康の誕生《たんじょう》年は旧《きゅう》れきでは1542年ですが、新れきでは1543年になります。

1564年 ガリレオとシェイクスピア

コペルニクスの地動説が正しいことを証明《しょうめい》し、自作の望遠鏡《ぼうえんきょう》で天体を観測《かんそく》した、天文学の父とよばれるイタリアのガリレオ・ガリレイ。『ハムレット』『ロミオとジュリエット』など世界中で親しまれている作品を書いた、イギリスの劇《げき》作家ウィリアム・シェイクスピア。ふたりは同じ年に生まれました。しかし会ったことはないようです。

1804年 皇《こう》ていと英《えい》ゆうと蒸気機関車《じょうききかんしゃ》

フランス革命《かくめい》で民衆《みんしゅう》の英ゆうとなったナポレオン・ボナパルト。かれを尊敬《そんけい》していたルートヴィヒ・ヴァン・ベートーヴェンは、ナポレオンにささげる「ボナパルト」という曲を完成《かんせい》させました。ところがナポレオンが皇ていになると、権力《けんりょく》に走ったナポレオンにベートーヴェンは腹《はら》を立て、楽ふの表紙のタイトル「ボナパルト」の文字をペンで強くこすって消したといわれています。その曲は『交きょう曲第3番 英ゆう』というタイトルで発表されました。その年、イギリスで世界初の蒸気機関車が走りました。

1905年『ルパン』と『我輩《わがはい》は猫《ねこ》である』

フランスでモーリス・ルブランが「ジュ・セ・トゥ」誌《し》に『アルセーヌ・ルパンの逮捕《たいほ》』を発表した年、日本では夏目漱石《そうせき》が「ホトトギス」誌に処女《しょじょ》作『吾輩は猫である』を発表。どちらもその後、連《れん》さいとなり、出版《しゅっぱん》されました。

1929年 アンネとヘップバーン

ナチスからのがれるためにドイツからオランダに亡命《ぼうめい》し、かくれ家で日記を書いたユダヤ人少女のアンネ・フランク。数多くのアメリカ映画《えいが》で世界中をみりょうしたイギリス人の女優《じょゆう》、オードリー・ヘップバーン。ふたりは同じ年に生まれ、オードリーも第二次世界大《たい》戦《せん》中はオランダで暮《く》らしました。アンネは16才のとき強制収容所《きょうせいしゅうようじょ》で死去。オードリーは女優になってから、映画『アンネの日記』のアンネ役を何度もたのまれますが、アンネの人生を自分の仕事に利用《りよう》できないと断《ことわ》ります。オードリーは晩年《ばんねん》、めぐまれない子どもたちに愛《あい》を注ぎ、63才で亡《な》くなりました。

銀《ぎん》閣《かく》寺《じ》が気になる

お母さんがシルバーのアクセサリーの手入れをしていた。

あ、それ、知ってる。

「酸化《さんか》して、さびるからでしょ」

そういいながら、ひとりで考えてみた。

空気中の酸素《さんそ》には、食べものや金属《きんぞく》の品質《ひんしつ》を低下《ていか》させる「酸化」という働《はたら》きがあり、そのせいでアクセサリーがさびる。

そんなときは、ちっ素の出番だ。ちっ素はポテトチップスのふくろなどに入っていて酸化からものを守ってくれる。アクセサリーも、おかし工場でふくろに入れてもらうといい。ポテトチップスといっしょだとよごれるから、アクセサリーだけを入れてもらい、ふくろを開けると酸素が入るので、開けずにしまっておけば安心だ。ただ…。これならさびないけれど、それはすでにアクセサリーじゃない。どうしよう。

そこまで考えたところで、お母さんがいった。

「シルバーは黒くなるだけで、さびないよ」

え…？　さようなら、ポテトチップス。さようなら、おかし工場。

だけどそのとき、ピンときた。京都で見た銀閣寺は、銀というより黒ずんでいた。銀だからきたなくなってしまったのだ。でも気になる。金閣寺はあんなにぴかぴかなのだから、銀閣寺もお手入れすればいいのに。

銀閣寺とは、もののたとえです

銀は酸素によって酸化するのではなく、空気やあせなどにわずかにふくまれる、いおうに化学反応《はんのう》を起こして黒くなるのです。

では銀閣寺はというと、じつはその外へきに銀は使われていません。現代《げんだい》の科学的《てき》調査《ちょうさ》で、一度も銀がはられていないことが証明《しょうめい》されました。

銀閣寺の外へきにぬられたのは、黒うるしです。そのうるしも今でははげていますが、外へきの板がうすくなりすぎて、ぬり直しができないそうです。

銀閣寺は、室町時代に足利義政《あしかがよしまさ》が建《た》てた山そうを義政の死後に寺にしたもので、正式な名前は東山慈《じ》照寺《しょうじ》。江戸《えど》時代になってから、金閣寺に対して銀閣寺とよばれるようになりました。

足利義政は政治家《せいじか》としてはあまり評価《ひょうか》されませんが、さまざまな日本文化を確立《かくりつ》しました。のちに銀閣寺となるこの山そうに文化人を招《まね》き、か道や茶道、水ぼく画、能《のう》などを発展《はってん》させたのですよ。

金と銀の気になる話

色のなかでも金と銀はちょっと特別《とくべつ》

シルバーが老人《ろうじん》の色になったわけ

1973年、東京の中央線の電車に「老人用座席《ざせき》」を設置《せっち》することになりました。設置日まで時間がなく、座席にはる布《ぬの》の注文とはり付《つ》けができるのかとなやんでいたら、新幹線《しんかんせん》の座席布が大量《たいりょう》に余《あま》っていることがわかり、それをはることに。その色が銀灰色《かい》だったことから「シルバーシート」と命名し、以降《いこう》「シルバー＝老人」のイメージが定着しました。

金色の折《お》り紙の作り方

折り紙の金色は、まず白い紙にアルミニウムをはり付けて銀色にし、その上にオレンジ色のインクを刷《す》り重ねて作ります。家にあるアルミホイルをオレンジ色の油性《ゆせい》ペンでぬるとどうなるか、試《ため》してみてください。

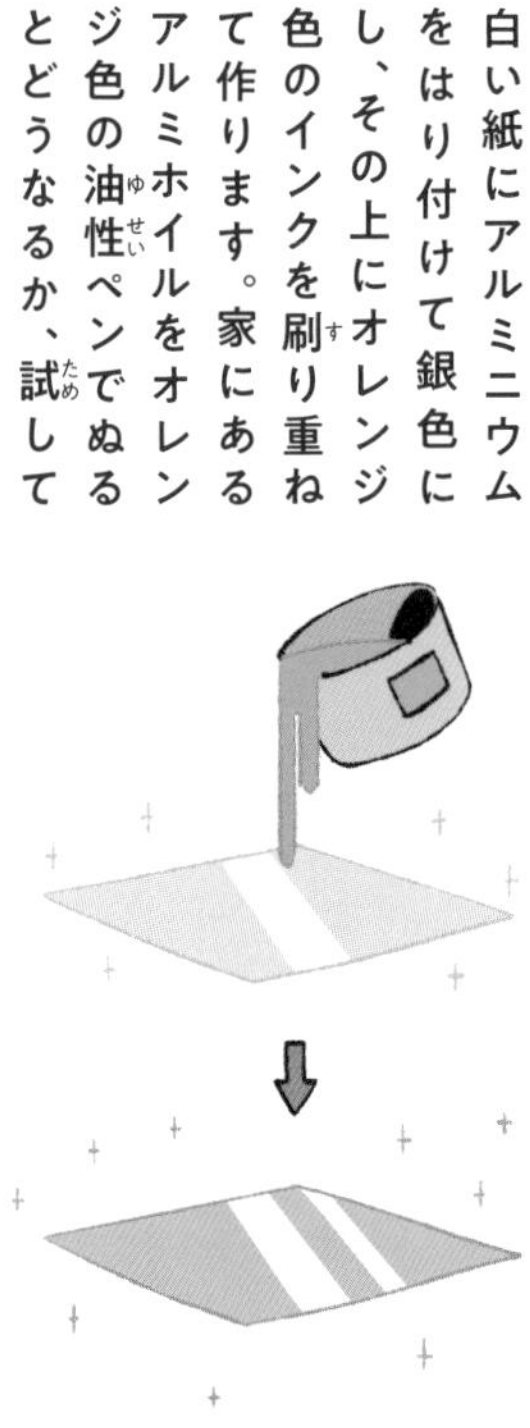

お金をあつかうのに「銀行」なのは…

明治《めいじ》時代のはじめ、英語《えいご》の「Ｂａｎｋ」をどう訳《やく》すか福沢諭吉《ふくざわゆきち》をはじめとする学者らが協議《きょうぎ》を重ねました。中国語で店という意味の「行」を使って、「金行」と「銀行」が有力案《あん》となり、ごろのよさなどから「銀行」に決まりました。

12月

じゃんけんが気になる

男子はどこまで男子なんだろう？

今度のお楽しみ会で、なにをやるか決めることになった。男子が「サッカーがいい」といい、女子はサッカーではいやなので「ドッジボールがいい」といった。すると男子が「男子対女子ならいい」といい、女子はそれでは勝てないので「男女混合《こんごう》チームがいい」といった。

すると今度は「男女混合でサッカーがいい」と男子がいった。どうして話がサッカーにもどるのか？「それはない」と女子がいい、じゃんけんで決めることにした。女子が勝てば、男女混合でドッジボール。男子が勝てばなにをするのか、男子のあいだでもはっきりしないまま、じゃんけんが始まった。

女子代表はプロ子さん。男子代表はナル男君。5回勝ったほうが勝ち。

5回連続勝利《れんぞくしょうり》で、プロ子さんの圧勝《あっしょう》だった。さすがプロテクニックの女王、プロ子さんだ。負けたナル男君の顔を見るのは、少しはずかしかった。

正直いうと、せっかく勝って、なにも男子とドッジボールをしなくたっていい。な

んなら、じゃんけん大会でもいいと思った。プロ子さんがいれば百人力だ。
だけど気になる。じゃんけんに勝つ方法《ほうほう》なんてあるのかな。

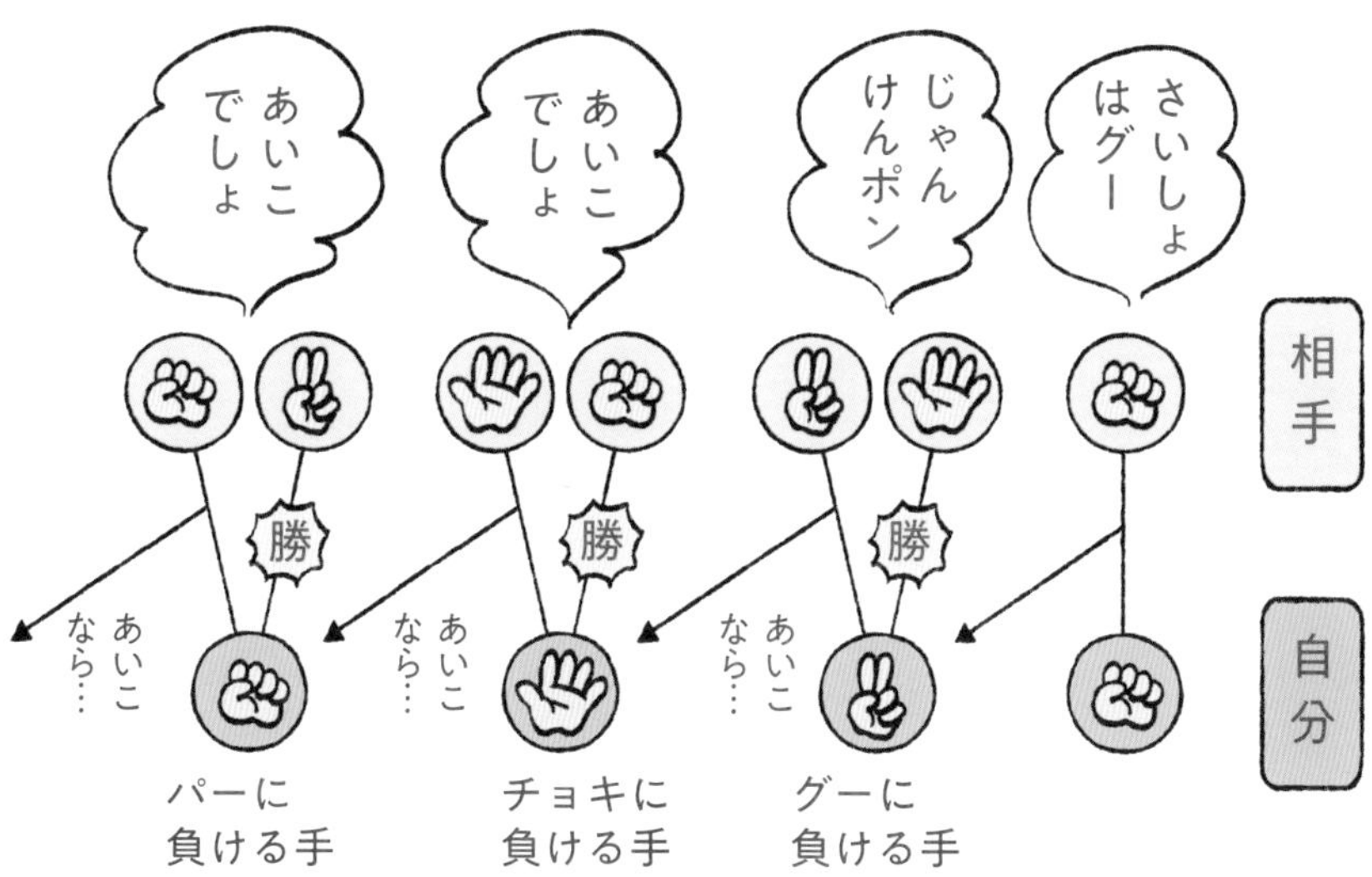

先生の作戦《さくせん》をお教えしましょう

じつは先生もじゃんけんは得意《とくい》なので、今日は特別《とくべつ》にキニ子さんに伝授《でんじゅ》します。その名も「負け負け大作戦」。まず、人はあいこになると、次にちがうものを出そうとする心理が働《はたら》きます。

そこで、相手が出した手に負けるものを次に出すのです。「さいしょはグー」で始めて、次に出すのは、グーに負けるチョキ。相手はグーとはちがうものを出すことが多いので、パーを出せば、自分の勝ち。チョキを出せば、あいこ。

相手もチョキを出してあいこになったら、次に自分はチョキに負けるパーを出す。相手がグーを出せば、自分の勝ち。パーを出せば、あいこ。これをくり返すのです。

先生は、この負け負け大作戦で弟のD介《すけ》にいつも勝っていましたが、一度だけ大事な勝負に負けてしまいました。それは、二段《だん》ベッドの上にどっちがねるかを決めるとき。今でもくやしいです。

サッカーボールが気になる

学校の帰りに、ラ・ルラードのまえでよび止められた。

いつもとちがうお姉さんだけど、どこかで見たような…。

「キニ子ちゃん、新しいケーキの味見していかない？」といわれ、お店に入ると「クリスマスロール」が運ばれてきた。

緑のスポンジに、いちごジャムをまぜた赤いクリームがはさんであり、だれが見ても赤と緑のクリスマスカラーだ。食べてみると、おいしい。おいしいけど…。

なんかちがった。緑のスポンジは、まっ茶味。まっ茶の和の味とクリスマスが、頭のなかでうまく結《むす》びつかない。

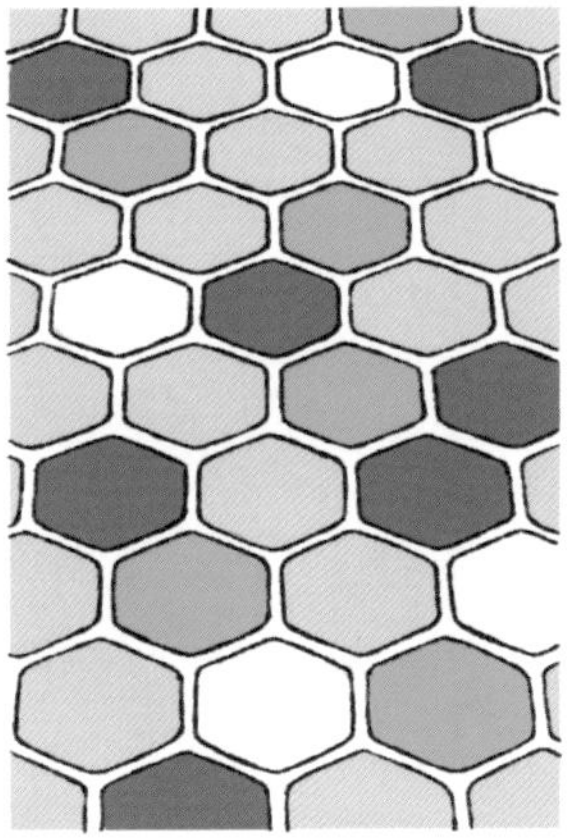

「どうかしら？」と聞かれて困《こま》った。
「クリスマスの味がしない」なんて、いえない。でも「おいしい」だけでは、せっかく食べさせてもらっているのに申し訳《わけ》ない。
迷《まよ》いながら、お店のゆかを見ていた。六角形のタイルがぴったりはられている。ずっと見ていると、ひと

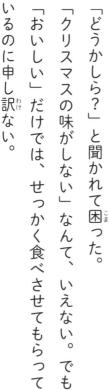

つがうき上がったり、べつのがうき上がったりして見えた。不思議《ふしぎ》。
そのとき急に気になった。サッカーボールも、たしかこんなふうに六角形がびっちりくっついている。なのに、どうして丸くなるのだろう。

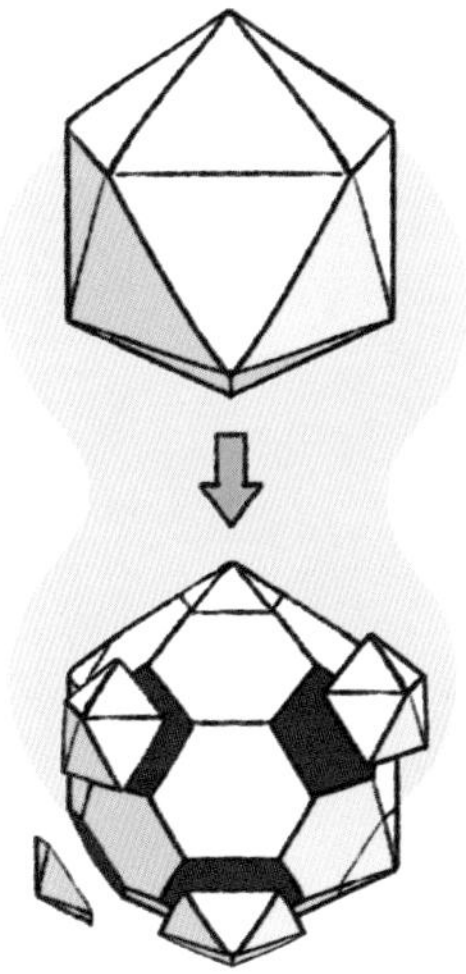

六角形と五角形の見事な組み合わせ

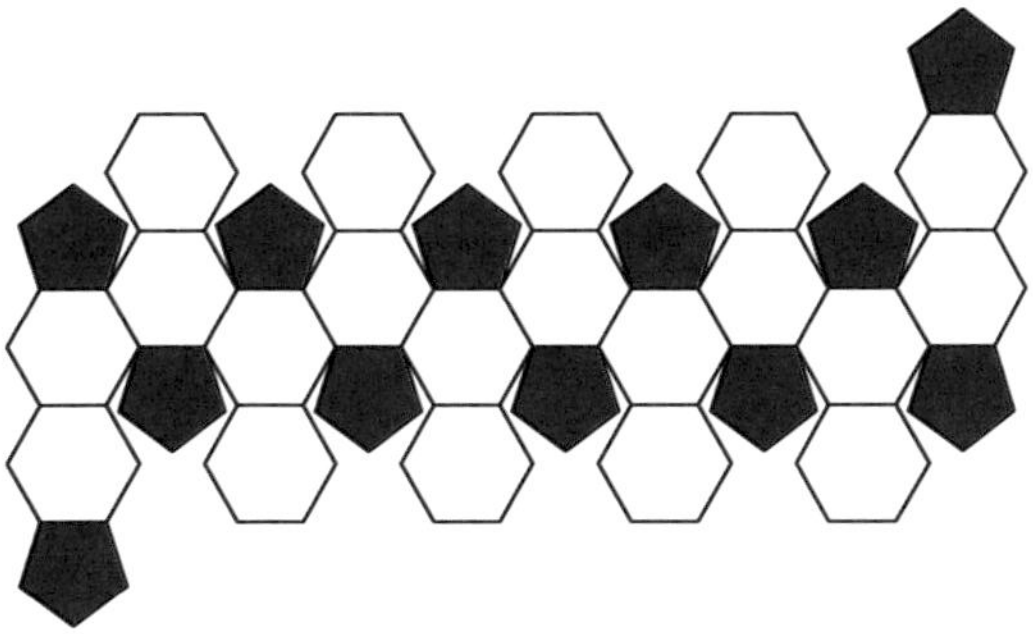

白と黒の形がちがうのです

上の展開図《てんかいず》を見てください。白いところは六角形ですが、黒いところは五角形なのです。

サッカーボールは、20の正六角形と12の正五角形からできていて、この形を「切頂《せっちょう》二十面体」とよびます。頂点《ちょうてん》を切り取った二十面体、という意味です。

どういうことかというと、左上の立体図のように、まず正二十面体、つまり20の正三角形でできた立体があります。それぞれの頂点には5つの正三角形の角が集まっていて、その頂点を切り取ると、断面《だんめん》（黒い部分）は正五角形になります。そして正三角形だった白い部分は、角を切り取られて正六角形になります。それが切頂二十面体です。サッカーボールはこれを内側《うちがわ》からふくらませ、革《かわ》をのばして球にしています。

ところでキニ子さんのことだから、言葉を選《えら》んでほんとうのことをいったのではないですか？

ぴったりはれちゃう気になるタイル

三角形と四角形のタイルは
どんな形でも、すき間なくぴったりはれる

理由　内角の和が180°と360°だから。同じ色の角度をよく見てね。

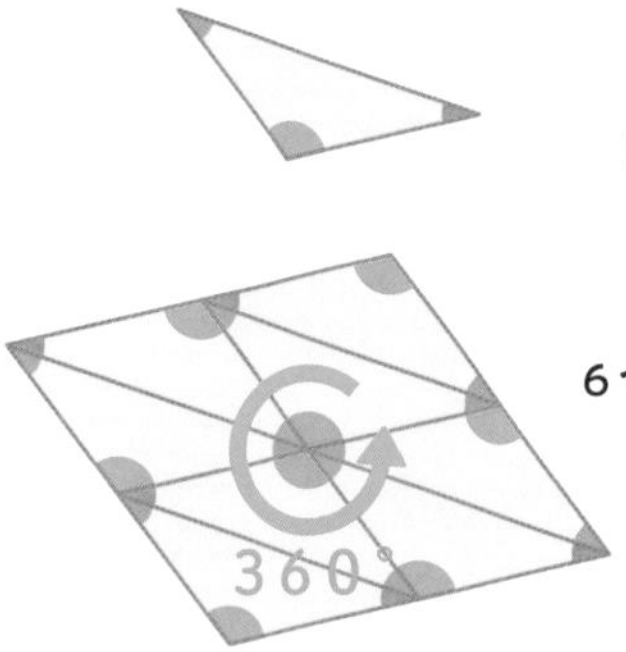

三角形の
内角の和は180°
↓
タイルの
6つの角の和は360°
↓
ぴったりはれる

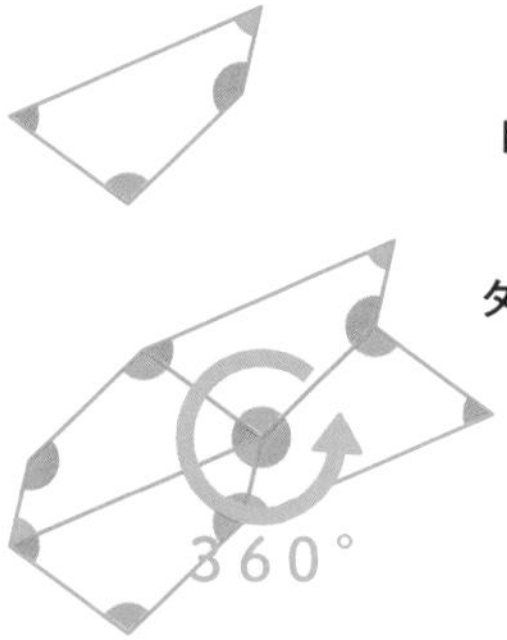

四角形の
内角の和は360°
↓
タイルの4つの角の
和は360°
↓
ぴったりはれる

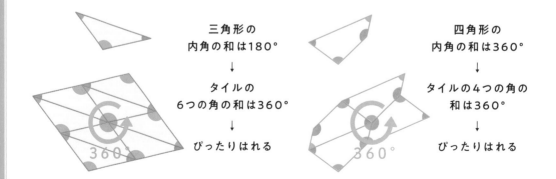

ちがいが気になるタイルクイズ

例《れい》題《たい》のあとで問題にちょう戦《せん》してみよう

例題1

右のタイルのなかで
仲《なか》間《ま》はずれはどれ?

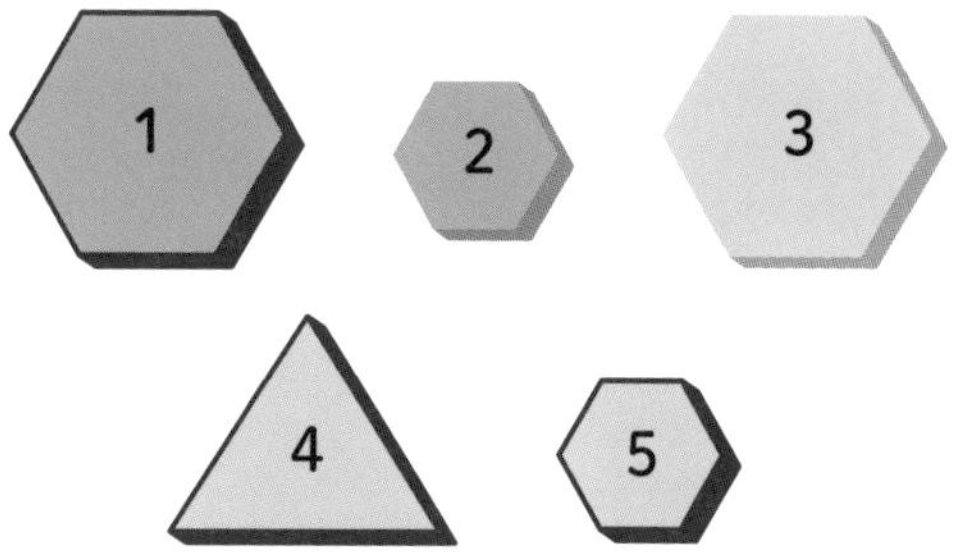

答え

4

ひとつだけ三角だから

例題2

右のタイルのなかで
仲間はずれはどれ?

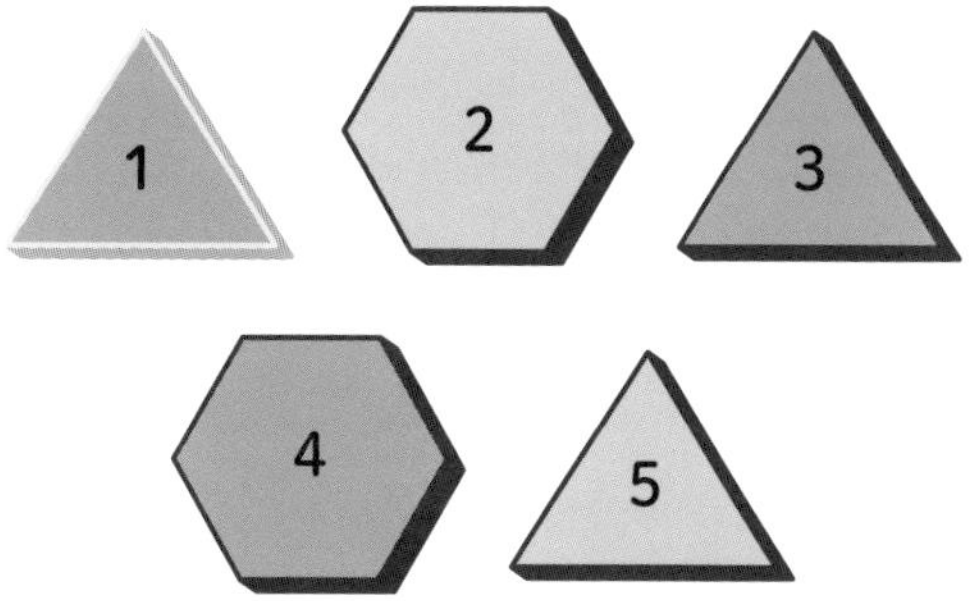

答え

1

ひとつだけ
ふちの色がちがうから

問題

右のタイルのなかで
仲間はずれはどれ?

こたえは64ページ!

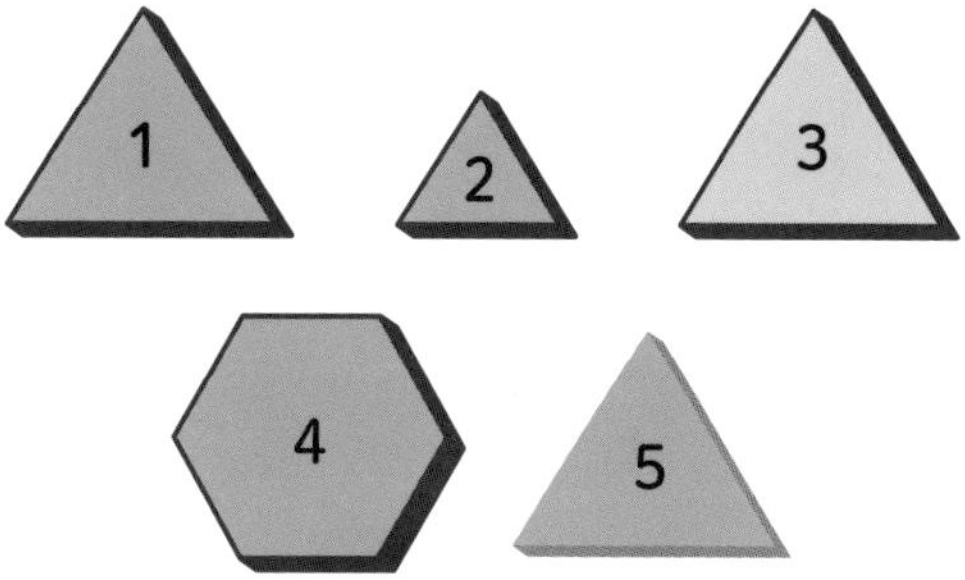

カタカナが気になる

クリスマス気分でお母さんと買いものに出かけたら、サラ子ちゃんを見かけた。その姿《すがた》を目で追っていると、ホラ男君もやってきて、ふたりでどこかへ消えていった。

サラ子ちゃんとホラ男君は同じリュックをしょっていて、リュックにはオレンジ色で「J」と書いてあった。ホラ男君も受験《じゅけん》するんだ…。

「あのJって、じゅくのJ?」とお母さんに聞いたら、「じゅくのJではそのままますぎるから、じゅくの名前がJで始まるんじゃない?」といわれた。

ジャンボじゅく、ジャパンじゅく、ジャンプじゅく。どれもちがうと思うけど。

駅前の電気屋さんで、福引をやっていた。ポスターを見たら、カタカナだらけでびっくり。

「ラッキー・アンド・ハッピー! スペシャルアイテムをゲットしてナイスなクリスマスとニューイヤーを!」

お母さんに日本語でいうとどうなるか聞いた。

「幸運で幸せ! 特別《とくべつ》な品物を手に入れて、素敵《すてき》な聖夜《せいや》

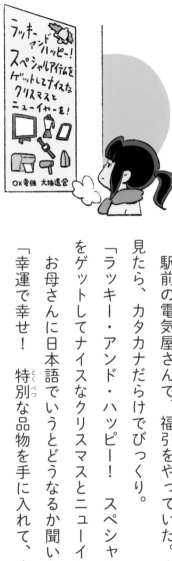

とお正月を！」
日本語でいえるじゃん！
だけど気になる。カタカナって英語《えいご》を書くために生まれた文字？

阿ア	伊イ	宇ウ	江エ	於オ
加カ	幾キ	久ク	介ケ	己コ
散サ	之シ	須ス	世セ	曽ソ
多タ	千チ	川ツ	天テ	止ト
奈ナ	仁ニ	奴ヌ	祢ネ	乃ノ
八ハ	比ヒ	不フ	部ヘ	保ホ
末マ	三ミ	牟ム	女メ	毛モ
也ヤ		由ユ		与ヨ
良ラ	利リ	流ル	礼レ	呂ロ
和ワ	井ヰ	恵ヱ	乎ヲ	无ン

長い歴史《れきし》があります

カタカナは、ひらがなと同じ平安時代に生まれました。漢文やお経《きょう》の読み方などを書きこむときに使うため、せまい行間にすばやく書けるよう、漢字の一部をぬき出して作られました。

カタカナで外来語を書くようになったのは、明治《めいじ》時代です。それまでは、たとえばタバコは「煙草《たばこ》」と漢字に置きかえていましたが、外来語が増《ふ》えたのでカタカナで書くようになりました。

しかし、なかには和製《わせい》英語といって、外国では通じないものもあります。ペットボトルは英語ではプラスティックボトルというので通じません。ほかにもホッチキス→ステイプラー、リュックサック→バックパック、トランプ→プレイングカードなどたくさんあります。

現代《げんだい》では、カタカナの難《むずか》しい言葉が増えすぎていることが問題になってるようです。

1月

初《はつ》夢《ゆめ》が気になる

元日早々、お母さんの作るぎょうざを食べすぎた。朝は、おぞうにに水ぎょうざが入っていて、お昼はおせちと焼《や》きぎょうざ、夜もやっぱり、ぎょうざが出てきた。おいしさは100ラン子だけど、食べすぎて夢に出てきた。

夢のなかで、私は列車に乗っていた。しばらくすると、ぎょうざの町についた。と思ったら、ぎょうざの町ではなく、「ぎょうざ星」というかんばんが立っていた。つまり、そこは宇宙《うちゅう》だった。

地球に帰ってきたら、お母さんが大量《たいりょう》のぎょうざを作っていて「ラン子印《じるし》の宇宙ぎょうざ」という冷《れい》とうぎょうざが発売された。これを食べると宇宙に行けるという都市伝説《でんせつ》が日本中の6年生に知れわたり、日本中の6年生全員が買ったのでミリオンセラーになった。

こんな初夢だった。いったいどんな1年になるのか心配だ。

初夢に、富士山《ふじさん》と、たかと、なすが出てくるといいと、お父さんに聞いたばかりだ。

でも、そんなものが出る夢なんて簡単《かんたん》に見られない。富士山とたかは、まだわかるけど、なすって…なぜ？

徳川家康《とくがわいえやす》が決めたとか決めないとか

キニ子さん、4月の日記に先生が書いた「日本の6年生全員が買うとミリオンセラー」を覚《おぼ》えていてくれたのですね。すばらしいです！
「一富士、二たか、三なすび」の由来には3つの説《せつ》があります。①駿河《するが》の国（いまの静岡《しずおか》県中部）のことわざで、駿河名物を順番《じゅんばん》に挙《あ》げた。②徳川家康が駿河で高いものを順番に挙げた。なすは値段《ねだん》が高かった。③えんぎのいいものを順番に挙げた。富士山は高い、たかはつかみ取る、なすは物事を成《な》す。
のちに、「四扇《おうぎ》、五多波姑《たばこ》、六座頭《ざとう》」という続《つづ》きも作られました。扇は末《すえ》広がり、たばこはけむりが上にのぼるので運気上しょう、座頭はかみの毛をそった琵琶法師《びわほうし》などをさし、毛がない＝けがない。
それからキ二子さん、少しいいにくいのですが、初夢は1月2日に見る夢のことなので、元日の夜の夢は、初夢ではないのですよ。

はだかの絵が気になる

校外学習で美術館《びじゅつかん》に行った。史上最大《しじょうさいだい》級の「ルネサンス展《てん》」がやっているからだ。

イタリアのルネサンスとよばれる時代の絵画が日本に来ていて、小学生もぜひ見るべきだと校長先生がいっていた。

『モナリザ』は日本に来なかったのか、ともんくをいっている人もいるようだけど、私《わたし》はあの絵がこわいのでほっとしていた。

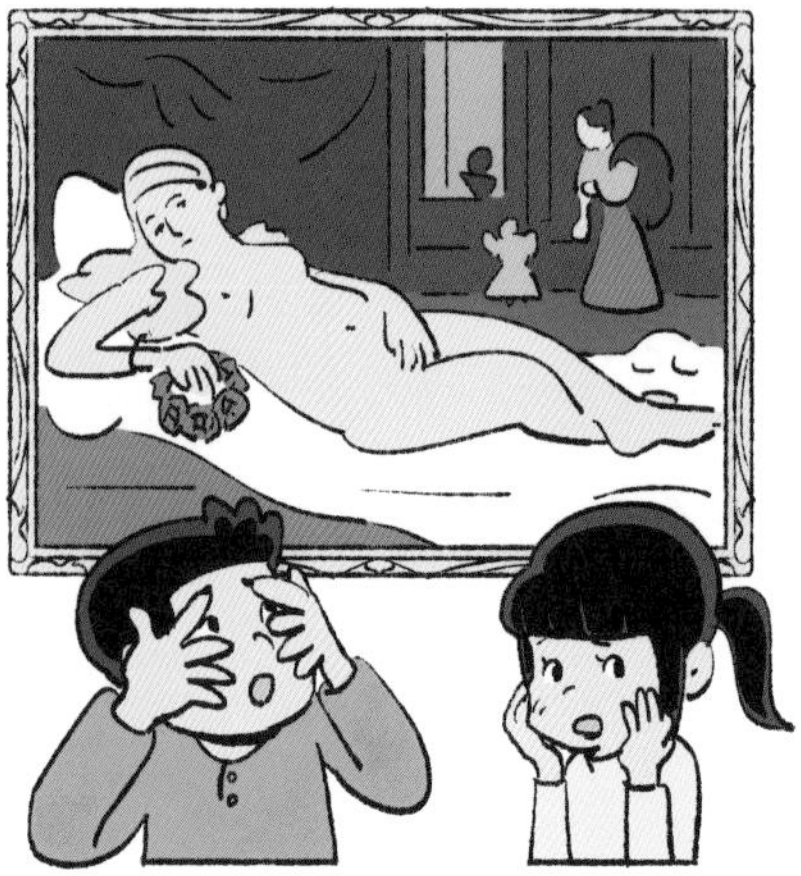

ルネサンスが盛《さか》んだった時期は、銀閣寺《ぎんかくじ》ができた時期と重なると先生に教えてもらったし、まえに浮世絵《うきよえ》美術館に行ったときもそうだったように、美術館は行ってみるとおもしろいので楽しみにしていた。なのに…。

校長先生はなにを考えているのだろう。小学生に、こんなにはだかの絵ばかり見せてだいじょうぶなのか。ぜんぶがはだかではないけれど、ときどきぱっと現《あらわ》れるから安心して見ていられない。

こんなことなら、こわくても服を着ているモナリザのほうが、よっぽどましだ。サラ子ちゃんはサラリと見ていたけれど、ホラ男君と私は下ばかり向いていた。どうして芸術《げいじゅつ》は、こんなにはだかだらけなの？　気になる。

人間じゃないということで

ルネサンス時代は14世紀《せいき》のイタリアから始まり、15世紀に盛《も》り上がりました。はだかの絵は、当時も非難《ひなん》を浴《あ》びるものでしたが、画家はえがきたい、そしてパトロンとよばれる画家の支《し》えん者も見たいと思っていました。

そこで、はだかをかくときは、人間ではなく女神や神の姿《すがた》を、神話や宗教《しゅうきょう》、ぐう話のなかのできごととしてえがくことにしたのです。

神話や宗教の絵だとわからせるポイントは、「アトリビュート」とよばれる持ち物や小道具。人物の近くに特《とく》定《てい》のものをえがき、それが女神や神であることを表現《ひょうげん》しました。たとえば、上の『ヴィーナスの誕生《たんじょう》』にえがかれているばらの花は、女神のアトリビュートです。

アトリビュートははだかの絵にかぎらず、神話やキリスト教絵画にえがかれることが多いのですよ。

じゅうたいが気になる

朝、トイレのドアに「シンヤの言葉」がはってあった。

「じゅうたいの仕かけ人」と書いてある。

「おれの店のまえに行列ができているのは、おれのせい」

お父さんが得意顔《とくいがお》でいった。じゃあ、そう書けばいいのに。

お父さんが経営《けいえい》している古本屋に、さいきん行列ができている。お店に入るお客さんではなく、お店のまえにねこのタヌキが座《すわ》っていて、それを見にきた人の行列だ。

私《わたし》とお母さんが昨年《さくねん》の秋に京都へ行ったとき、タヌキが家でひとりぼっちになるので、お父さんがお店に連《つ》れていったのが始まりらしい。

タヌキは入口のいすにちょこんと座《すわ》って、みんなをながめているのがお気に入り。その写真をお父さんがブログに「たぬきの置《お》きもの風ねこのタヌキ」と書いてのせたら、それがたちまち広まって、人が見にくるようになったとか。

お店のまえがじゅうたいみたいになるので、お父さんが交通整理をするらしい。

「おれ、じゅうたいの仕かけ人で仕切り人」

だけど変《へん》だ。ふつうの道路はタヌキのようなものがなくてもじゅうたいする。ふつ

うに走っているのに、どうしてじゅうたいするのかな。気になる。

見えづらい原因《げんいん》があります

じゅうたいができるもっとも多い原因は、「サグ部」だといわれています。

サグ部とは、すりばちのような形になった地形で、横から見るとゆるやかなＶの字になっています。

運転手は、サグ部に差《さ》しかかる下り坂でスピードを落とします。このとき、ついブレーキをふみすぎて必要《ひつよう》以上《いじょう》に減速《げんそく》しがちです。その後、上り坂に差しかかっても、サグ部はそれが上り坂になったと気づかない場合が多いため、スピードが足りないまま上ることとなり、さらにスピードが落ちます。

それによって後ろの車とのきょりが縮《ちぢ》まるため、後ろの車もスピードを落とします。さらにその後ろでも同じことが起こるので、列全体の車間きょりが縮まって、じゅうたいとなるのです。

工事や事故《じこ》、そして名物のようなものがなくても、じゅうたいが起きる理由があるのですね。

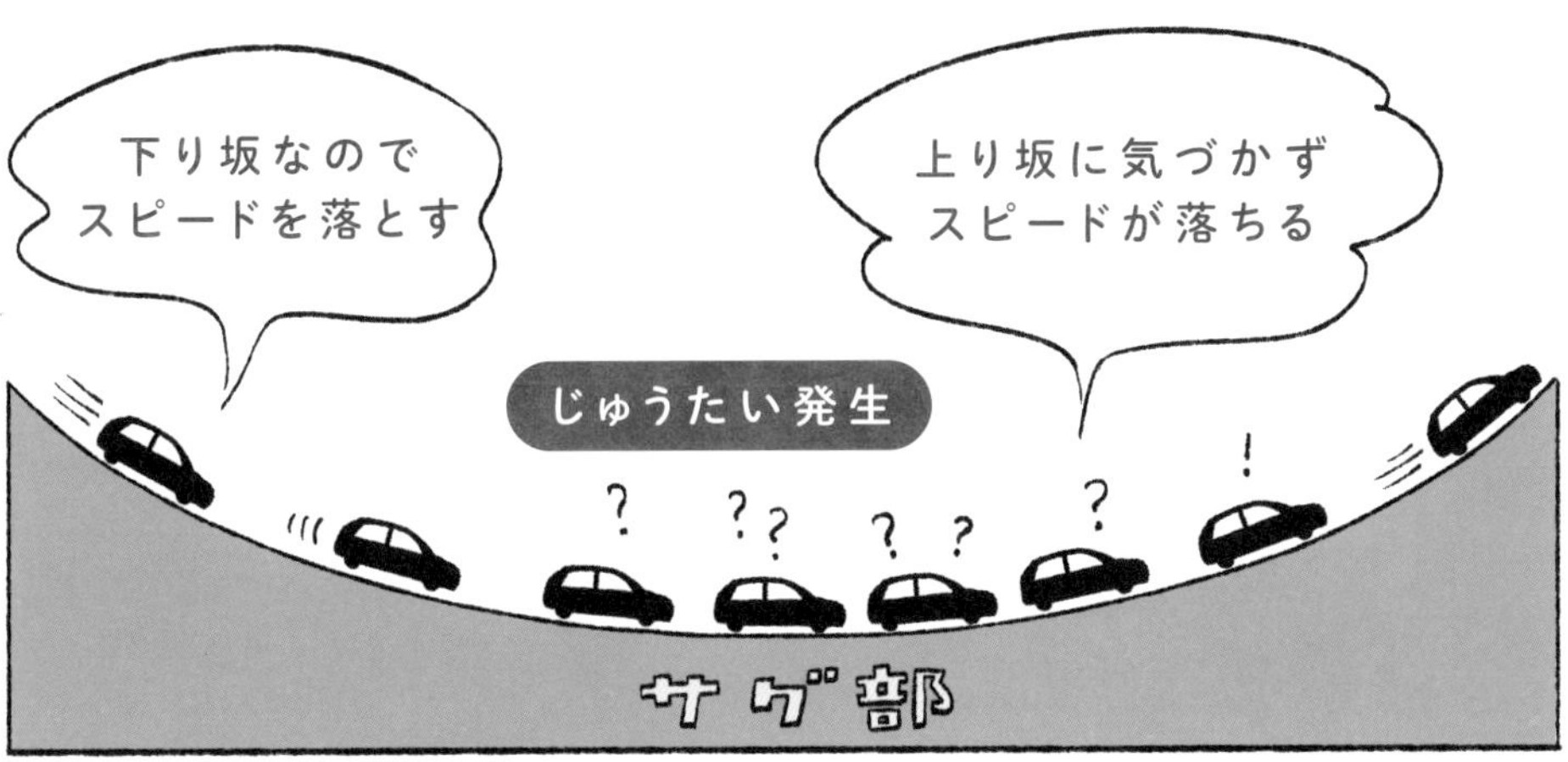

2月

2 月 3 日

おにのパンツが気になる

今日は節《せつ》分《ぶん》。おには外、福は内。サラ子ちゃんとホラ男君に、福が来ますように。

おとといから中学校の受験《じゅけん》が始まり、クラスの四分の一が欠席《けっせき》している。

クリスマスのころ、駅前でサラ子ちゃんとホラ男君が「J」のマークのリュックをしょってじゅくに行った後ろ姿《すがた》を思い出す。「J」は、ジャンボじゅくの「J」だとあとから聞いた。もなかのアイスみたいだねとは、もちろんいわなかった。

ふたりの合格《ごうかく》を願《ねが》っているけれど、ほんとうは受験のイメージがわかなくて、さみしかったり、うらやましかったりもする。

だれかがナル男君に「受験しないの?」と聞いていた。「もうすぐ引っこすから、いそがしいし」と答えていた。引っこす?

私《わたし》もプロ子さんに「受験しないの?」と聞いてみた。すると、「電車通学の時間がもったいないわ」とプロ子さんがいいきった。「それに、いつ大地しんが起きるかわからないから、学校は家から近いほうがいいの」ともいった。

こういう人のところには、おには来ないかもしれないと思った。

おにの姿を目にうかべて、あれ？　と気になった。どうしておには、とらのパンツをはいているのだろう。おにと、とら。ちがう世界の生きものに思えるけど。

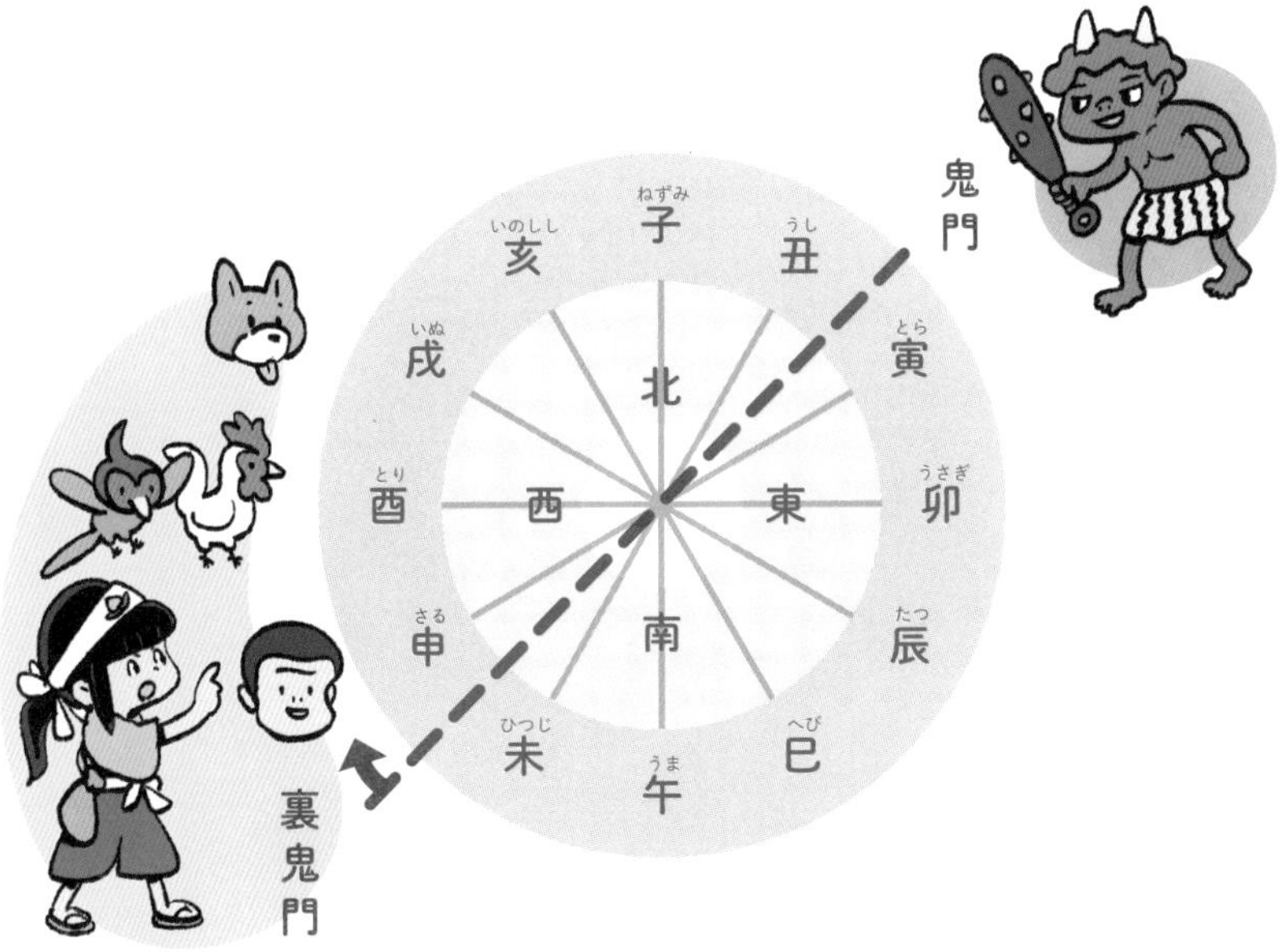

うしと、とらのあいだだからです

キニ子さんは「鬼門《きもん》」という言葉を聞いたことがありますか。おにがいる方角のことで、北東を指します。昔の中国では、方角を十二支《し》で表していました。北東は「丑《うし》」と「寅《とら》」のあいだになります。

そのことから、おには牛の角を持ち、とらの毛皮を身につけているとされ、今では「とらがらのパンツ」として定着したのです。

ちなみに、鬼門の反対にあたる南西の方角を「裏《うら》鬼門」といいます。そこから時計回りに干支《えと》を見ていくと、申《さる》、酉《とり》、戌《いぬ》となります。ももたろうの物語で、おに退治《たいじ》に向かうときのお供《とも》が、さる、きじ、犬なのは、このことに由来しているという説《せつ》があるのですよ。

キーボードが気になる

学活の時間に、パソコン室で卒業《そつぎょう》文集を書いた。好《す》きなことを書いていいので、満塁《まんるい》小での思い出や、友だちへのメッセージを書いていた。

将来《しょうらい》なりたい職業《しょくぎょう》を書いている子も多く、私《わたし》も考えてみたけれど…。そんなのまだ決まってない。なにかてきとうに書くべきか。でも、まえにお母さんが「キニ子がおとなになるころには、今の仕事の半分はなくなるか様《さま》変《が》わりしている」といっていた。なら、なりたい職業なんて書く意味はない気がする。

というか、卒業文集ってだれが見るのだろう。夢《ゆめ》はだれにでも話したほうがいいのか、それとも個《こ》人《じん》情《じょう》報《ほう》なのか。わからない。

たぬきの宝箱《たからばこ》。お父さんが「夢は大切にしろ」といっていたのをときどき思い出すけれど、そのたびに最高《さいこう》級のステーキ肉が頭にうかんで考えのじゃまをする。夢に、もれなく肉がついてくるなんて。お父さんのせいだ。

サラ子ちゃんに「将来の夢、書いた？」と聞いたら、「書いたよ」とサラリといわれた。私は自分の気持ちを書いた。はずかしいから暗号で。

「伊末八幾女奈伊。由川久利幾女流」

それにしてもパソコンのキーボードの位置《いち》がぜんぜん覚《おぼ》えられなくて、時間がかかる。これってどのパソコンも同じなの？　だれが決めたの？　気になる。

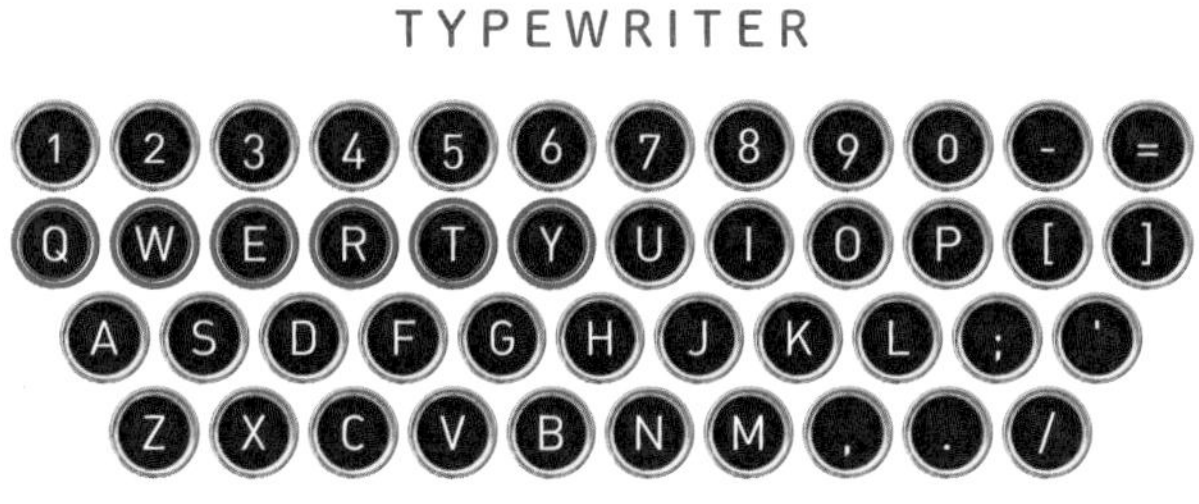

クワーティのひとり勝ちです

キニ子さん、卒業文集にまだ決めていないことまで書くべきだと思わせてしまったら、先生は謝《あやま》ります。ごめんなさい。卒業文集のために、大切なことを無理《むり》に考えたり書いたりする必《ひつ》要《よう》はありません。気持ちのいい文集にしましょう。

さて、パソコンのキーボードの配列は世界共通《きょうつう》です。もとはアメリカで生まれたタイプライターのキーボードで、1880年ごろに今の配列になりました。上から2段《だん》目のキーを左からそのまま読んで、「QWERTY（クワーティ）」配列とよばれています。

この配列になった理由は不明《ふめい》で、タイプライターが紙づまりを起こさないよう、わざと速く打てないようにしたとか、2段目のキーだけで「TYPEWRITER」と打てるようにしたという説《せつ》まで生まれました。配列を変える案《あん》が何度も出たようですが、どれも実現《じつげん》することなく、クワーティはそのままコンピューターに引きつがれました。

パソコンに関《かん》する気になる単《たん》位《い》

マウスだけに「ミッキー」!

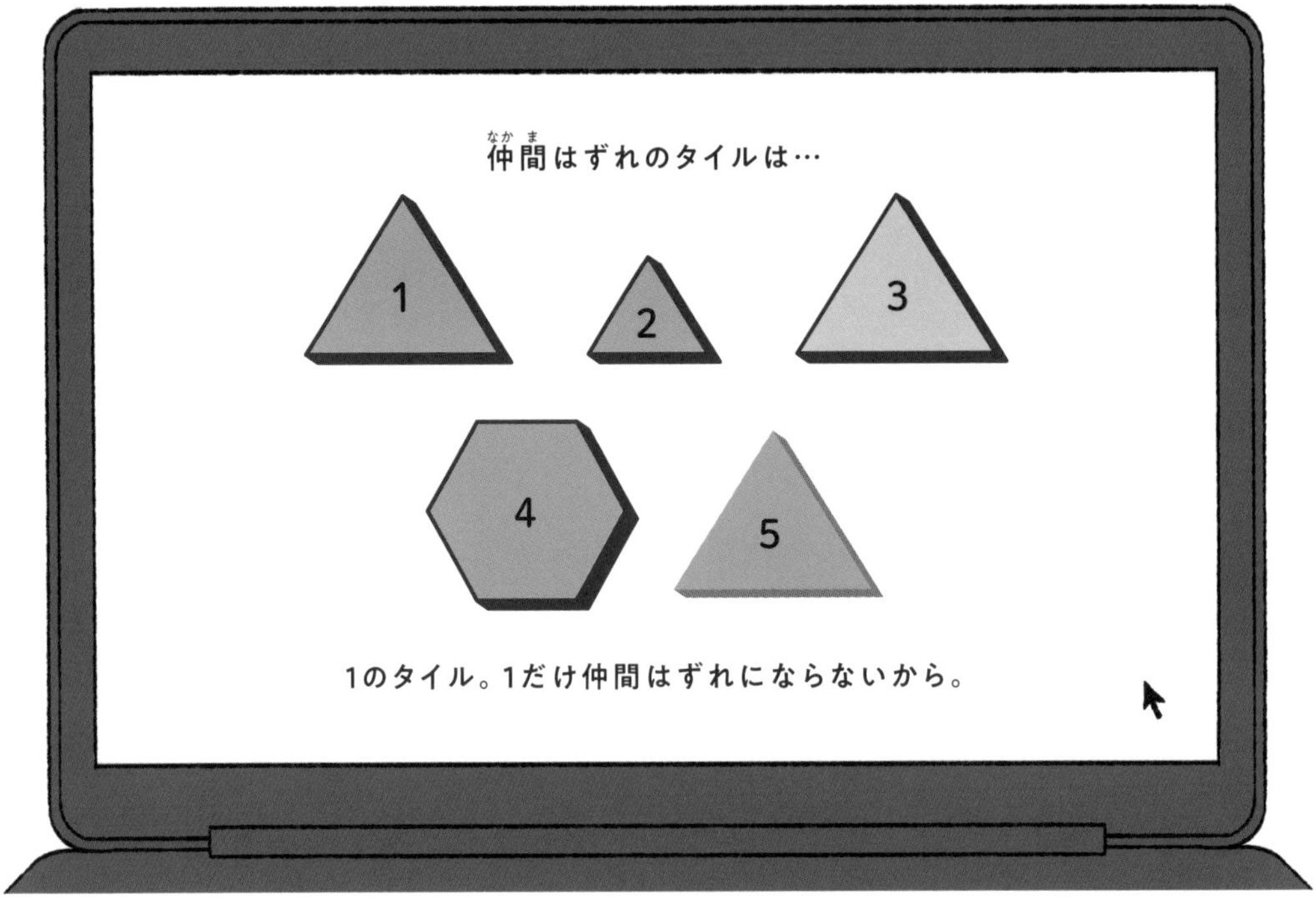

マウスが動くきょりは、「ミッキー」という
単位で表します。
由来はもちろん「ミッキーマウス」です。
マイクロソフト社に勤《つと》めていた人が
決めた、正式な単位なんですよ。

1ミッキー=1/100インチ（約《やく》0.25mm）
4ミッキー=約1mm
40ミッキー=約1cm

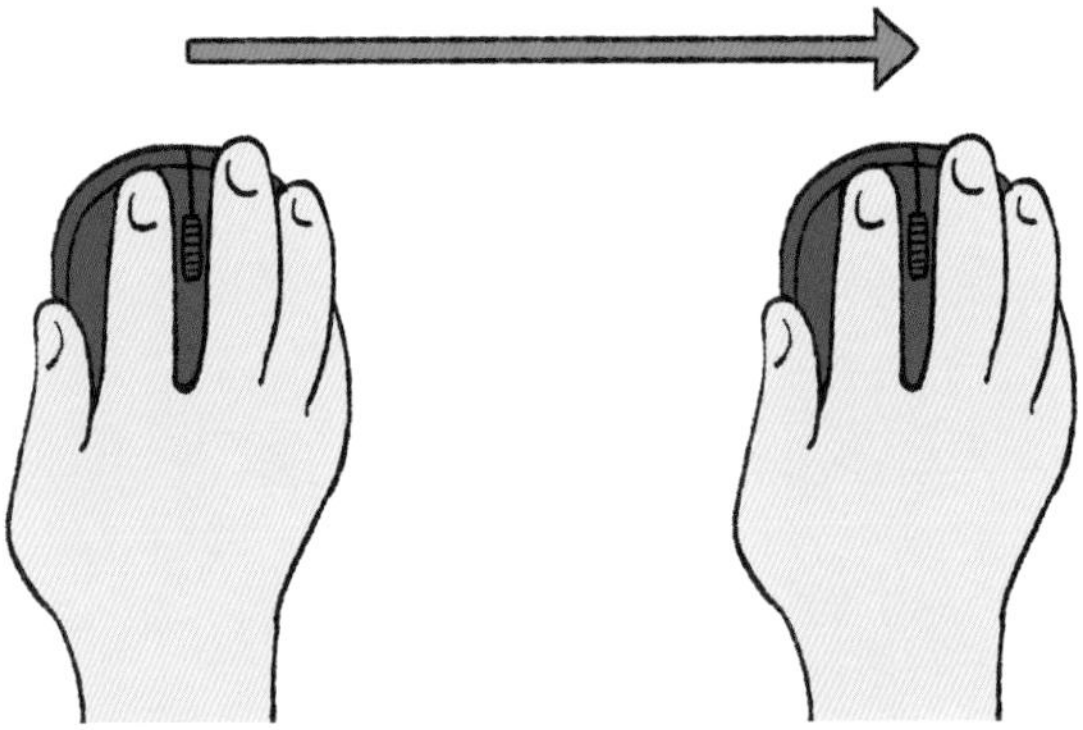

5cm動かす=200ミッキー動かす

いつかは使える気になる数え方

入道雲や古ふんを数えてみよう

たらこ 1《ひと》腹《はら》2《ふた》腹

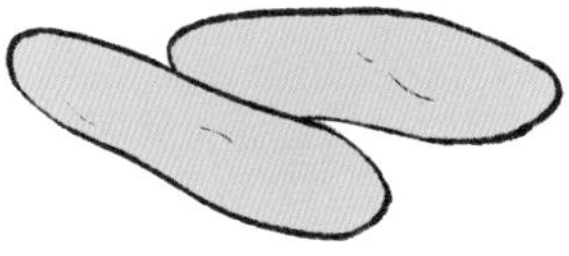

手ぶくろ 1双《そう》2双

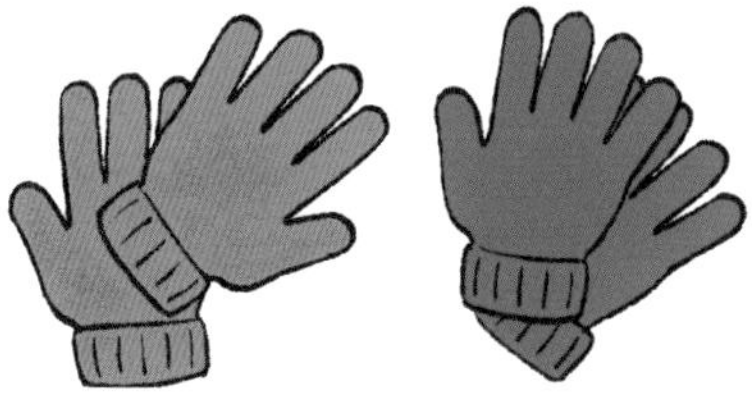

高い山 1座《ざ》2座

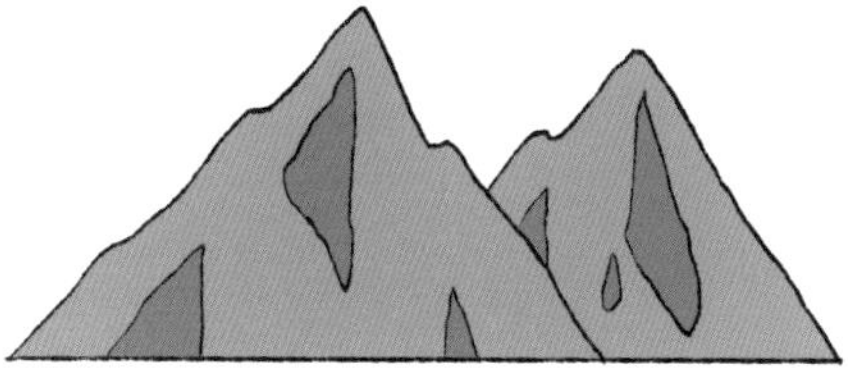

入道雲 1座2座

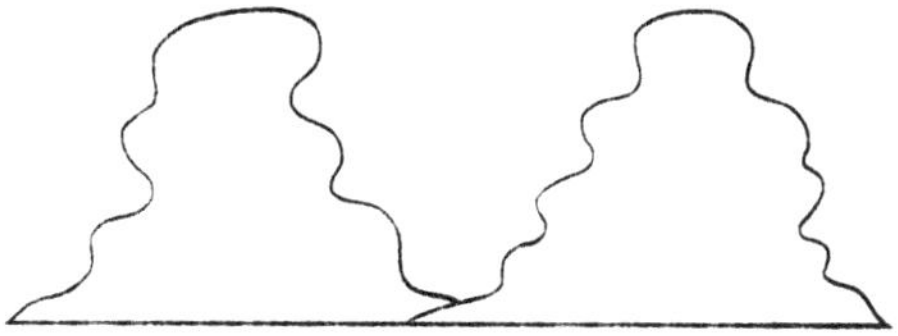

ちょう 1頭《とう》2頭

神様 1柱《はしら》2柱

プール 1面《めん》2面

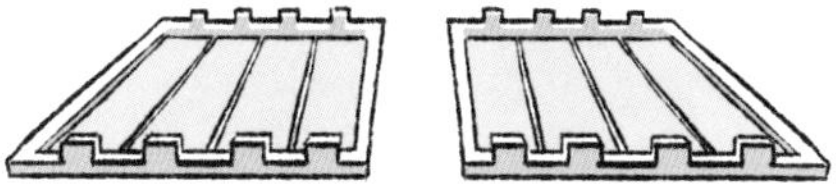

古ふん 1基《き》2基

2 月 25 日

読書感想文が気になる

休み時間に、ホラ男君が写真を見せてくれた。読書感想文コンクールの表しょう式の写真だった。

ホラ男君が受賞《じゅしょう》していたとは！　記念《きねん》パーティーで作家にサインをもらっている写真もあった。

ホラ男君は課題《かだい》図書ではなく、『ホラふきパイロットとうそつきフラミンゴのありそうでなかった夏』という、見たことも聞いたこともない本の感想文を書いたらしい。

読書感想文コンクールといえば、毎年プロ子さんが受賞しているはずだけど、今年は受賞しなかったのかな。

そう思ったとき、ちょうどプロ子さんがやってきて、ホラ男君の写真をのぞきこんだ。ホラ男君の表情《ひょうじょう》がいっしゅん固《かた》まって、「そういえば今年…」といったら、今度はプロ子さんの表情が固《かた》まった。

「そうよ。今年はだめだった！　実力がなかったのよ！　私《わたし》が下手だったのよ！」

明らかにおこっていた。

おこっているプロ子さんをはじめて見た。強いいい方、こわい顔。忘《わす》れられない。

私にとって読書感想文は、夏休みの宿題でいつもさいごになってしまうほど苦手なものだけど、プロ子さんにとってはとても大切なものにちがいない。
でも、正直よくわからない。読書感想文ってどうして書かなくてはいけないの？

遊び、ときどき学びとして

読書感想文について、先生の考えを述《の》べますね。

先生は、読書は遊びだと思っています。わくわくしたりどきどきしたり、先が楽しみなところはゲームに似《に》ていますし、知らない世界に行けるという点では旅にも似ています。物語の主人公になって、たくさんの人生を経《けい》験《けん》することもできます。どう楽しむかは自由です。

でも年に一度だけ、感想を考えてまとめるという学習をするのもいいことです。なにかについて自分の感想を文章で伝《つた》える力は、おとなになって役に立つからです。

それ以外《いがい》は、感想を書くために本を読む必要《ひつよう》はありません。本だけじゃないですよ。なにかを見たり経験《けいけん》したりする目的《もくてき》が、学習につなげるためや成長《せいちょう》するためではまるでおもしろくありません。好《す》きかきらいか、楽しいか楽しくないか、心が動けばじゅうぶんです。

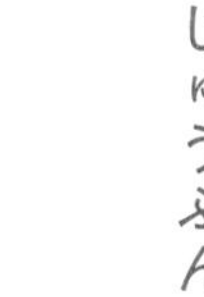

3月

3 月 3 日

周《しゅう》波《は》数《すう》が気になる

休み時間に、ナル男君が話しかけてきた。

「キニ子、東日本で手に入れたドライヤーって、西日本でも使えるのか？」

ナル男君、ドライヤーなんて使うんだ。

「それって、東日本と西日本で周波数がちがうから？」と答えたら、「なるほど、キニ子は話が早いな」といわれた。

このあいだナル男君が「引っこす」といっているのが聞こえた。西日本なのか。

「西日本って東京から100キロ以上《いじょう》はなれている？」

ナル男君に聞いたら、「あたりまえだろ」と笑《わら》われた。

宇宙《うちゅう》より遠い…。言葉が出なかった。

「100キロがどうした？」

「べつに。ドライヤー使えるといいね」

こんなときプロ子さんがいてくれたら、くわしく教えてもらえるのに。周波数のことも、西日本のことも。

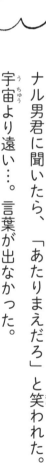

プロ子さんはインフルエンザで欠席《けっせき》している。生まれてはじめてかかったらしい。
「でも、どうして周波数がちがうんだろう？」とナル男君がいった。
そもそも周波数ってなんだっけ？　気になる。

スタートからちがうのです

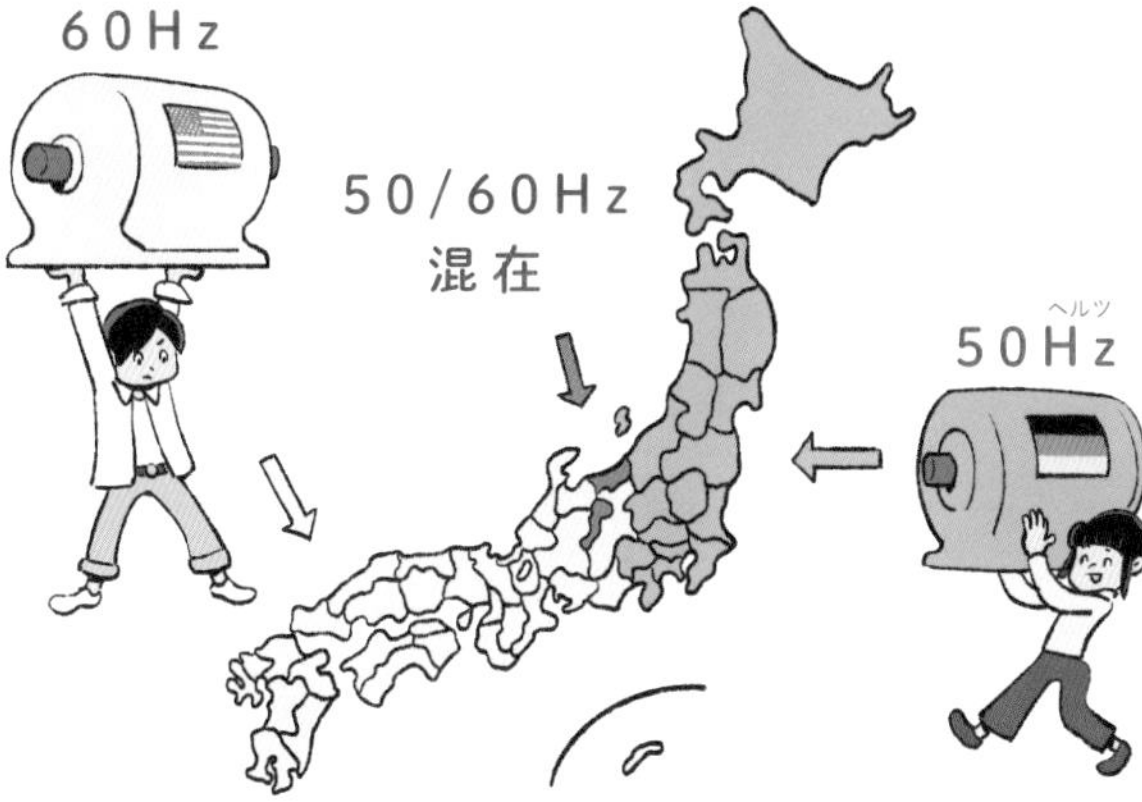

日本のように、国内でちがう電力周波数がある国はめずらしいそうです。では、なぜそうなったのでしょう。
電気を使うようになった明治《めいじ》時代、東京はドイツ製《せい》の発電機《き》を、大阪《おおさか》はアメリカ製の発電機を輸入《ゆにゅう》したからです。ドイツ製は50ヘルツ、アメリカ製は60ヘルツの電気をつくる発電機で、それぞれが東日本と西日本で広まっていきました。
電化製品によって、テレビやパソコンのように、東西どちらでも使えるもの。ドライヤーやそうじ機、せんぷう機のように、使えるけど性能《せいのう》が変《か》わるもの。電子レンジや洗《せん》たく機のように、そのままでは使えないものなどがあります。もちろん機種《きしゅ》にもよります。
電気の周波数とは、１秒間に電気が入れかわる波の回数のこと。たとえば50ヘルツのけい光灯《とう》の場合、１秒間に＋と－が50回入れかわります。そのたびに＋と－どちらも発光するので、１秒間に１００回点めつをして明かりとなっているのですよ。

命が気になる

「キニ子、ここに座《すわ》れ」

とつぜん、お父さんによばれた。お母さんもいた。

「もうすぐ卒業《そつぎょう》だな。6年間よくがんばった」

なにかくれるのかも、と思った。

「キニ子が生まれた日のことを思い出すわ。生まれてすぐに、だっこしたの。こんなに小さくて。早いわね、あれから12年」

「そう思ったら、なんだかキニ子と話したくなってな」

なにもくれなさそうだとわかった。

でもいい機会《きかい》だから、心の宝箱《たからばこ》にしまってある大切な気持ちを伝《つた》えようと思った。

「お父さん、お母さん、今まで育ててくれてありがとう」

「キニ子、おまえ、よめに行くのか」

なぜか、お父さんが泣《な》き出した。泣きながら話し出した。

「キニ子、人間というのは小さなものだ。自分がちっぽけだということを忘《わす》れるな。そして、人間は小さなものに簡単《かんたん》に殺《ころ》されることも忘れるな」

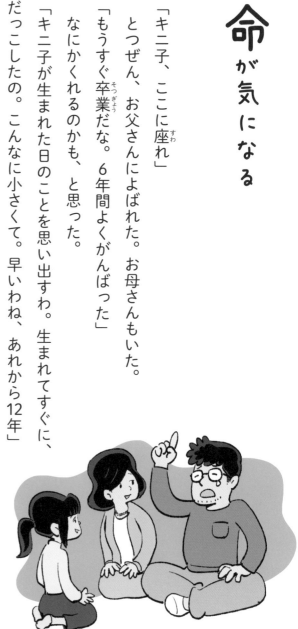

「殺される？」
「人生なにが起こるかわからない。自分の命は大切にしろ。ひとの命と心もな」
わかったような、わからないような。

人間を殺すのは…

キニ子さんとお父さんの言葉を読んで、先生も泣いてしまいました。そして先生も、いつかむすめに伝えようと思います。命のこと、心のこと。自分のこと、自分以外《いがい》の人のことを。

人間が小さなものに簡単に殺されるのは、ほんとうです。世界で発表されている「人間を殺す動物ランキング」によると、1年間にもっとも多くの人間を殺す動物は「か」です。デング熱《ねつ》や黄熱《おうねつ》病など死にいたる病原体を持ったかにさされ、たくさんの人間が死んでいます。その数は、ある資料《しりょう》によると年間78万人。

2番目に人間を殺す動物は、「人間」です。戦争《せんそう》、ふん争、殺人《さつじん》、テロ…、その数は年間54万6千人。

3番目は「へび」。その数は年間7万5千人です。

人間を殺すといっても、かと人間とへびでは、殺し方も殺す意味合いもちがいますよね。お父さんの言葉をお借《か》りすれば、なにが起こるかわからないということでもあります。

キニ子さん、おそれる必要《ひつよう》はありません。

ただ、命を大切にしてください。

記念日《きねんび》が気になる

もうすぐ卒業《そつぎょう》だからかな。落ちつかない。

サラ子ちゃんは、お兄さんと同じ中学に合格《ごうかく》した。

ホラ男君は、第一志望《しぼう》が5つあって、そのうちの1校に受かったらしい。

ナル男君は西日本に引っこししてしまう。西日本のどこなのか、まだ聞けないでいる。

そしてプロ子さんは、今日も欠席《けっせき》。インフルエンザはとっくに治《なお》っているけど、まだ体調が悪いらしい。読書感想文の話でプロ子さんがおこった日のことを思い出す。プロ子さん、気にしているかもしれない。ぜんぜん気にしなくていいのに。でも、今年は受賞《じゅしょう》しなかったのかなと思ったり、わからないことはプロ子さんに聞けばいいと思ったり、私《わたし》もプロ子さんに期待しすぎていた気がする。

ほかの人の心を考えるのは難《むずか》しい。プロ子さんが学校に来たら、なにもいわずに笑《わら》おう。それだけは決めている。

みんなのことが気になる。気になる気持ちがじゅうたいして、ぜんぜんまえに進まない。やっぱりじゅうたいには原因《げんいん》があるものなんだ。

こんな日をなんてよんだらいいのだろう。じゅうたいの日。もうすぐ卒業記念日。3月22日だから、みんなにこにこ記念日。そうだ、こんな日こそ笑顔《えがお》でいよう。そういえば、記念日っていっぱいあるけど、いったいだれが決めているのだろう。気になる。

3《サン》月9《キュー》日は感謝《かんしゃ》の日

3月10日《サボテン》はサボテンの日

3月14日《3.14（円周率《えんしゅうりつ》）》は数学の日

3月21日《3、2、1！》ははじめようの日

キニ子さんも作れますよ

キニ子さんはやさしいですね。すばらしいです。

記念日は、意外にもだれでも作ることができるのです。「日本記念日協会《きょうかい》」というところに申せいをして認《みと》められれば、記念日として登録《とうろく》されます。登録されると、どこかでしょうかいされたり、だれかがその記念日を祝《いわ》ったり。夢《ゆめ》がありますね。

ただ、申せいは無料《むりょう》ですが、登録にはお金がかかります。ですから、おとなになってからちょう戦《せん》してみてくださいね。それに公式に認められなくても、自分にとっての記念日を作ることは自由です。

先生はこれから3月22日を「もうすぐ卒業、みんなにこにこ記念日」にして、毎年大切に過《す》ごそうと思います。キニ子さん、ありがとう！

3 月 25 日

この人が気になる

今日は卒業式《そつぎょうしき》。

「キニ子さん、おはよう」という声に飛《と》び上がった。

プロ子さんだ！　私《わたし》は決めておいたとおり、笑《わら》った。

サラ子ちゃんもやってきて、笑った。

なにもかもさいごの日。いつもより、いろんなものがくっきり見える。

卒業式は何度も練習したけれど、今日は練習のときのようにつかれない。しんみりとした音楽が流れてきて、とくべつな時間を過《す》ごしている感じがした。

式のあと、みんなでたくさん写真をとった。
さみしい。でも小学校は6年間ぐらいでいい。じゅうぶんに過ごした。それに、また会える。学校がちがっても家はみんな近いのだから。
ただ、ナル男君と会えるのは今日がさいごだ。
「ナル男、元気でな」とホラ男君がいっていたので、私もなにかいいたかったけど、いえなかった。

お父さんとお母さんには先に帰ってもらって、プロ子さんとサラ子ちゃんと、けっきょくいちばんさいごまで学校にいた。それで帰り道、ひとりで歩きながらなんとなくナル男君のことを考えていた。そしたら…。

なぜかナル男君がいた。うちのとなりの「ラ・ルラード」の前に。

「キ二子の家、このへんなのか？」というので、「ここ」ととなりを指さすと、ナル男君もびっくりしていた。

「昨日《きのう》、姉ちゃんの店の2階に引っこしてきたんだ」

ラ・ルラードが、ナル男君のお姉さんのお店…。あのお姉さん、そうだ、学芸会《がくげいかい》で見たのかも。

「関西《かんさい》に引っこすんじゃないの？　ドライヤーが使えるか聞いてきたし」

「神戸のいとこに送った。ラッキー・アンド・ハッピーの福引で当たったから」

それ、知ってる。カタカナだらけの福引だ。

「なるほど。星の数ほどいる小学生のなかから、出会う意味があったのは…」

ちょっと展開《てんかい》についていけない。

「キ二子、中学いっしょに行こうぜ。朝、むかえにいく」

そういうときは「よびにいく」でいいし、べつに来なくていいし。

この人、やっぱり気になる。

主な参考文献・資料・情報提供

- 毎日新聞（毎日新聞社）
- 朝日新聞（朝日新聞社）
- 大林組
- NBS長野放送
- 日本経済新聞（日本経済新聞社）
- 『日本大百科全書』（小学館）
- ニューズウィーク日本版
- 株式会社タニタ
- 劇団四季
- 日本銀行
- 銀閣寺
- 『日本国語大辞典』（小学館）
- 『大辞泉』（小学館）
- 『世界大百科事典』（平凡社 編　平凡社）
- 『これだけは知っておきたい「心理学」の基本と実践テクニック』（匠英一　フォレスト出版）
- 『情報・知識imidas2018』（イミダス編集部　集英社）
- 『「なるほど!」とわかるマンガはじめての他人の心理学』（ゆうきゆう 監修　西東社）
- 『子ども大百科 大図鑑』（小学館 編　小学館）
- 『理科好きな子に育つふしぎのお話365』（『子供の科学』特別編集 編　誠文堂新光社）
- 株式会社TOKYO TOWER
- 『雑学532連発』（雑学脳力研究会）
- 『頭のいい子が育つ! 子どもに話したい雑学』（多湖輝 監修　KADOKAWA）
- 『人類なら知っておきたい地球の雑学』（雑学総研　KADOKAWA）
- 『フランス語基本単語2000』（Elisabeth Morla, 渡邊弘美　語研）
- 公益社団法人 日本獣医学会
- 『スーパー理科事典 四訂版』（齊藤隆夫 監修　増進堂・受験研究社）
- 『別冊太陽233 一休』（平凡社）
- 『おもしろくてやくにたつ子どもの伝記8　一休』（小暮正夫　ポプラ社）
- 『一休さん』（鎌田茂雄 監修　集英社）
- 『日本人名大辞典』（上田正昭・西澤潤一・平山郁夫・三浦朱門 編　講談社）
- 『一休和尚年譜』（今泉淑夫　平凡社）
- 酬恩庵一休寺
- 『ビジュアル日本史531人』（入澤宣幸　西東社）
- 『ビジュアル百科 世界史1200人』（入澤宣幸　西東社）
- 『自由自在歴史人物・できごと新事典 マンガ＋おもしろい解説で楽しく学ぶ!』（下向井龍彦 監修　増進堂・受験研究社）
- 『日本史&世界史並列年表』（歴史の読み方研究会　PHP研究所）
- 『物理事典』（服部武志 監修　旺文社）
- 『ルパンの冒険』（モーリス・ルブラン 作　長島良三 訳　偕成社）
- 『オードリー・ヘップバーン物語』（バリー・パリス 著　永井淳 訳　集英社）
- 『オードリー・ヘップバーンという生き方』（山口路子　KADOKAWA）
- 『誰でも読める 日本現代史年表』（吉川弘文館編集部 編　吉川弘文館）
- 『足利義政と銀閣寺』（ドナルド・キーン 著　角地幸男 訳　中央公論新社）
- 『色の不思議が面白いほどわかる本 なぜ人は色に左右されるのか』（びっくりデータ情報部 編　河出書房新社）
- 『マンホールのふたはなぜ丸い?』（中村義作　三笠書房）
- 『算数おもしろ大事典IQ』（秋山久義ほか監修　学研プラス）
- Tanya Khovanova
- 『金田一先生と日本語を学ぼう2 文字のいろいろ』（金田一秀穂 監修　岩崎書店）
- 『漢字とカタカナとひらがな』（今野真二　平凡社）
- 『故事俗信ことわざ大辞典 第二版』（北村孝一 監修　小学館）
- 『世界でいちばん素敵な西洋美術の教室』（永井龍之介 監修　三才ブックス）
- 『巨匠に教わる 絵画の見かた』（視覚デザイン研究所 編　視覚デザイン研究所）
- 『誰かに教えたくなる道路のはなし』（浅井建爾　SBクリエイティブ）
- 『小学館の子ども図鑑 楽しく遊ぶ学ぶ きせつの図鑑』（長谷川康男 監修　小学館）
- 『New Scientist 起源図鑑』（グレアム・ロートン 著　佐藤やえ 訳　ディスカヴァー・トゥエンティワン）
- 『無敵の東大脳クイズ』（QuizKnock　主婦の友社）
- 『数え方の辞典』（飯田朝子　小学館）
- 関西電力株式会社
- Our World in Data
- GatesNotes
- 一般社団法人日本記念日協会
- 株式会社トーヨー

他多数

間部香代（まべ かよ）

愛知県生まれ。日本児童文芸家協会、日本童謡協会会員。著書に『よろしくパンダ広告社』（学研プラス）、『区立あたまのてっぺん小学校』（金の星社）、『しょうぎ はじめました』（文研出版）、『回文で遊ぼう きしゃのやしき』（あかね書房）、『まーだだよ』『どんぐりないよ』（以上、鈴木出版）などがある。

クリハラタカシ

1977年東京都生まれ。漫画家、イラストレーター、絵本作家。1999年アフタヌーン四季大賞を受賞。著書に漫画『ツノ病』『隊長と私』（以上、青林工藝舎）、『冬のUFO・夏の怪獣』（ナナロク社）や、絵本『ぱたぱた するする がしーん』（福音館書店）、『これなんなん?』（くもん出版）などがある。

キニ子の日記（下）

2020年11月10日　第1版第1刷発行

作　間部香代
絵　クリハラタカシ
装丁　坂川朱音
本文デザイン　坂川朱音+田中斐子（朱猫堂）
発行所　WAVE出版
〒102-0074
東京都千代田区九段南3-9-12
TEL 03-3261-3713／FAX 03-3261-3823
振替 00100-7-366376
E-mail info@wave-publishers.co.jp
https://www.wave-publishers.co.jp
印刷　株式会社サンニチ印刷
製本　大村製本株式会社

NDC913 79P 20.7cm ISBN978-4-86621-297-5